黄金の獅子と色なき狼

白銀の王と黒き御子

茶柱一号

講談社X文庫

目次

イラストレーション／古藤嗣己（ことうしき）

黄金の獅子(しし)と色なき狼(おおかみ)

白銀(はくぎん)の王と黒き御子(みこ)

序章

そこは暖かくて、安心できて、愛おしさで心が満たされ、心臓が高鳴り続けて、それなのに自然と涙が溢れて……。

ここだけは何があっても誰にも譲れない。

寝台の上で睦み合い、すっぽりと収まる伴侶の腕の中。

そこは私の最も大切な居場所。

それなのに、忌まわしい過去は未だ消えず残ったまま。いや、これは一生抜け出せない沼のようなものなのかもしれない。

夢うつつの最中、彼が私の頰を撫でる感触でかすかに意識が覚醒する。

「リアン悪い、起こしたか」

「……ライナス、殿……」

「まだ寝てな。少しうなされていたが、悪い夢はライオンさんがもぐもぐ食べといてやるからな」

柔らかく笑う彼の指先はかすかに濡(ぬ)れて光っていた。きっと私は昔のことを夢に見て、うなされ震えていたのだろう。だが頬を伝う涙の跡にキスをされ、その太い腕で抱きしめられると、ぼんやりと体に残っていた悲しさや辛(つら)さは何事もなかったかのように消えてしまった。

目を閉じる。自分と彼の鼓動が重なる音、隣のベビーベッドから聞こえる小さな寝息の音。

再び私が一粒だけこぼしたのは喜びの涙。

ああ、本当に、ここには愛おしいものしかない。

この先もこの幸福がずっと続いてゆくように、私は前を向いて歩んでゆく。

いつまでも、大切な人たちと共に。

一章

胸の奥、記憶の向こう側にあるぼんやりとしたもの。手の届かぬそれは温かいように思える。そして、淡く輝いているようにも感じられる。柔らかな誰かの声。額を撫でてゆく新緑の匂いの風と誰かの指先。心地好く揺れる感覚は誰かに抱かれているからか。

……これはきっと思い出なのだろう。ずっと昔の、とても幼かった頃の。今の私にはもう思い出すこともろくにかなわない。それでもときおりそういうものを夢に見てしまうのだから悲しくむなしい。

いっそ何もかも消えてくれれば、私は何かかけがえのないものを失くしたのだと気づかないで済むのに。

私たち奴隷の部屋は牢屋と変わらなかった。石造りの四方の壁は掃除をしてもかび臭い。窓もなく、清掃用にと与えられる雑巾もかびまみれで黒ずんでいるのだから当然だ。

自身の優れた嗅覚が恨めしかったのはここに入れられて最初の数日だけで、今ではもう何も感じない。それでも私は一応、与えられた桶一杯だけの水をなんとか上手く使って掃除をする。

そんな私を見て、同じ部屋に押し込められている奴隷の一人が聞こえるようにため息をつく。何か失敗をして殴られたのだろう、ため息は折れた前歯の隙間から細長く抜けた。

「どうせ明日も朝から晩まで石切りと石運びだぞ。城壁をもっと西まで延ばすだの何だのと偉そうなやつが言ってたからよお。この先も俺たち奴隷にゃたっぷり仕事があるに違ぇねえ。床なんざ拭いてねえで寝ろよ、リアン。お前、本当に死んじまうぞ」

よく言われる。

私は狼の獣人だ。痩せた狼、という表現がそのまま当てはまる、どこにでもいる骨の浮いた奴隷の一人だ。労働のない時間を休んで過ごすことすら出来ない、生粋の奴隷の中の奴隷だ。

……私だって休みたい。酷使され続けた体がどんな状態かなんて自分が一番よく知っている。けれど私は駄目なのだ。

ずっと……、幼い頃からずっと続いた奴隷としての日々。怠けているところを見られたら容赦なく折檻されるというルールが骨の髄まで染みている。何かしていないと怖くて仕方がない。休んでいいはずの時間すら、休んでいると鞭が飛んでくるのではないかと気が気ではないのだ。

忠告に一応頷きながらも手を止めない私を見て、さらに別の奴隷が笑う。

「そいつは何言っても聞きやしねえよ、放っておけって。そもそも死んじまったところで何だって言うんだよ。下手に生きてるより楽かもしれねえぞ?」

犬耳の男は笑っていた。

空のない天を仰いで。

何もかもに絶望したように顔を歪めて。


この、神聖王国ロマネーシャは「人間」の国だ。

私が見てきた限り、城で働いているのも周辺に住んでいるのもみんな人間。神官と呼ばれる神に仕える者たち、私にはそれがどういう存在なのかはよく分からないがとにかく地位の高い者、それも全員が人間だ。

人間による人間のための場所。だからここに獣人の居場所などない。

私たち獣人は人間が豊かに暮らすために使われる道具。危険な仕事や重労働をさせるための消耗品だ。

多くは奴隷商人に捕まってそのままロマネーシャに売られた者。少数はロマネーシャ国軍によって直接捕獲された者。どちらにせよ扱いは同じだが。私は後者だ。幼児になるかならないかという頃に捕まったように覚えている。

だから家族との記憶はほとんどない。

幼かった頃はこの生活が「正しい」のだと思っていた。獣交じりの亜人は崇高で純潔な人間にひたすら尽くすのが本来の在り方であり、正しい生き方なのだとしつこく教えられていたからだ。

それはロマネーシャが獣人の奴隷を便利に使うために作り上げた都合の良い事実でしかないと知ったのは他の奴隷と一緒に暮らすようになってから。

私のように幼少期に捕らえられた奴隷はまず教育というものを受けることになる。その頃の扱いは多少まともだったと今でも思い出すことがある。その中で優秀で、従順で、見た目の良い子供の獣人だけが神官や貴族の屋敷に仕える、少し特別な奴隷になるのだ。

私も最初はその候補の一人だったようなのだが、種族が戦いに向く狼というのが問題だった。

しかも薄汚れた薄い灰色の髪が汚らしいという理由で見限られ、労働奴隷として他の奴隷と同じ部屋に移された。

　そこで初めて大人の獣人と出会い、彼らの言葉によって私は外の世界の存在を知った。ある老いた奴隷は私の体の特徴を見て目を細め、「多分お前さんは西域のバルデュロイ方面の出身だな、こんな毛並みの狼をときどき見る」と言った。

　別の奴隷がバルデュロイという国について教えてくれた。獣人の国だが、獣人以外も普通にいる場所だと。どれもこれも私にとっては実感も現実味もない話だった。ただ、ここの外にも世界があるのだと知り、なんだか胸が苦しくなった。

　だが、私に外の世界のことを教えてくれたあの獣人たちはもういない。

　この奴隷部屋は住人の入れ替わりが激しい。別の地域へと急に配置が替わることもあるし、そもそも長生き出来る場所でもない。

　自分はたまたま運が良かった。ただそれだけのこと。

　その日の労働もいつもと同じくひどいものだった。

　今日は特別に日差しが強く、朝から熱気の籠もった重たい空気が現場に溜まっていた。

　私たちの仕事はこの石切り場の巨石にハンマーでたがねを打ち込んで割り、それを石柱状に加工、研磨して輸送すること。

　すでにここ数ヵ月繰り返してきた作業なのでもう慣れたが、とにかく何をするにも力が要る過酷な現場だった。

　私は石に落ちる黒い影を見つめながら無心でハンマーを振るう。石と鉄とがぶつかり爆ぜる音をひたすらに聞く。

汗が落ちる。

人間は獣人の奴隷に食事を最低限しかくれないが、水だけは好きなだけ飲めと言う。

指さされる水飲み場の水は薄い土の色に濁っているが飲まないわけにもいかないので飲む。


炎天下の作業のために飲む。

空腹をごまかすためにも飲む。

水は汗となってだらだらと背中を濡らす。

また水を飲む。

もう随分と腹の中に砂が溜まっているだろうな、と誰かが冗談を言う。

何も面白くない。言った本人すら笑えていない。

そうしているうちに遠くの方で硬質な衝突音のような音が響き、続いて誰かの短い叫び声が上がった。恐らく輸送中の巨石が坂道を滑り落ちる事故が起きたのだろう。

よくあることだ。

石材に挟まれたり押しつぶされたりして奴隷が死ぬことも、まあ日常的にある。同じ現場で仕事をする仲間が怪我をしているかもしれないのに何も出来ない。助けに行ってやりたいのはやまやまだが、現場を監督する人間の指示もなく勝手なことは出来ないので、じっと奥歯を噛みしめながら私はまたハンマーを振り上げる。

今日の事故で二人死んだ、とその日の夜に同部屋の奴隷が言っていた。

「処理をさせられる方の身にもなってくれよなあ、本当に。巨石の下で二人ともぐしゃぐしゃのぺしゃんこだ、目も当てられねえよ」

犬耳の男は顔を歪めて首を振る。事故の後片づけをしろと命じられたのは不運だったなとしか言えない。

その愚痴に同意するように頷く者が他に二人。

一人は死んだような目で壁を見ながらこくこくと頭を揺らす。

もう一人は青ざめた顔でうなだれていた。この三人が死体の始末をさせられたようだ。

「今月はもう四件目だな、この手の事故は」

「ああ？　事故だあ？　どうだろうな、それは」

「どういう意味だよ」

「今日のはわざとだろ。自殺だ。あの二人、まるで番みてぇに仲が良かったんだ。俺ら奴隷はいつばらばらに移送になるか分からねえし、いつ死んでもおかしくねえからな。一緒にいられるうちに一緒に逝ったんだろうよ。来世で幸せになりましょう、ってか」

つがい、という言葉が妙に耳に残った。愛し合う二人、という意味なのは知っている。

愛とは何なのか、私は知らない。

現在(いま)を生きることに見切りをつけてしまった彼ら二人はどこへ行きたかったのだろう。

二人は今も一緒にいるのだろうか。

季節は廻(めぐ)り、ある時、国は密(ひそ)かに、だが確実にざわついていた。高位神官たちが召喚の儀にて『救国の聖女』を降臨させた、という話は嫌でも耳に入ってくる。

ロマネーシャの国内はどこもその話で持ち切りで、人間たちがこぞって噂(うわさ)をするのだから当然だ。予定外の事態がいくつかあったようだが、それでも一応は聖女だ、と聞こえてきた。

奴隷たちの間でも『救国の聖女』とは何なのだろうと話題になるが、結局自分たちには関係のないことなのだろう。多分それは人間にとっては重要で喜ばしいものなのだ。

きっとその呼び名の通りに国を救ってくれる存在なのだろうが、獣人には関係のないものだ。この時の私はそう思っていたのだが、その存在が私の運命を大きく変えることになろうなどとは予想もつかないことだった。

奴隷たちの部屋に入ってきたのは数人の神官。彼らは部屋の有り様と臭いにあからさまに顔をしかめ、その不快さを丸出しにした顔を崩さぬまま私たちをじろじろと眺める。

いつもは兵士から仕事の命令がある。神官が直接奴隷の近くに来ることはまずないので、何が起きているのだろうと奴隷たちは全員が不安げに顔を伏せていた。

兵士が神官の一人にやたらとへりくだった顔で話しかける。

「お探しの奴隷はこれですね。この灰色の狼です」

突然に指をさされたのは私だった。ふん、と神官は鼻を鳴らした。

「そうか。ではこいつを教育しておけ」

かしこまりましたと返答をした兵士は深々と頭を下げるが、神官たちはそれを見もせずにすみやかに立ち去っていった。そして私は一人だけ牢屋のような奴隷部屋から出され、別の牢屋に放り込まれた。同時に高圧的に兵士に問われる。

「お前、幼少期からここにいるだろう。お前は過去に貴族用の年少奴隷の候補だったと記録があるからな。結局こっちに回されてきたようだが、本来獣にはもったいないはずの読み書き、言葉遣いに礼儀作法は我が国がみっちり仕込んでやったはずだ。覚えているな？」

確かに教えられたのは覚えているが、もう何年も使っていない知識についてあまり自信はない。しかし正直にそう答えてしまえば鞭が飛んでくるようにしか思えず、私はあいまいに頷いてしまった。兵士は教え直す手間が省けたぞ、とばかりににやりと笑った。

「よしよし、ではお前には新たな任務が与えられる。心して聞け、本来は汚らしい獣なんぞに任される仕事ではないぞ。救国の聖女の側仕えだ。光栄だろう！」

「……はい、分かりました」

光栄な仕事だと言われても何をすればいいのかまったく分からないが、肯定以外の返答など知らない。私は奴隷なのだから。言われたことをやるだけだ。

救国の聖女は様々な事情があってその存在だけを民に認知され、姿そのものは秘匿しておきたいらしい。そのため、傍に仕えて雑用をする役目として奴隷を使うことになったそうだ。

奴隷ならばいざ不要になった時にすぐに処分出来るからだと言われた。奴隷の中では比較的教養があり、人間に逆らった経歴のない私がその役目に選ばれたらしく、一応体を洗われ、今までよりは遥かにましな侍従用の衣服を着せられて王宮へと連れていかれる。

きらびやかな装飾品や絵画が並ぶ廊下を通り抜けた先では、また見たことのない顔の神官たちが待ち構えていたのだが、ある神官からは聖女に奴隷なんぞを近づけるなど決して許されぬと急に怒鳴られた。

私にそう言われてもどうしようもない。

どうやら神官たちというのも一枚岩ではないようで、目の前の怒れる神官は、私を使おうと考えた神官と対立する立場なのだろう。怒れる神官と、私をここまで連れてきた神官との間で口論が発生し、結局、私は試されることとなった。

本当に聖女の傍に置いても良い程度の教養がある奴隷なのかと資質を疑われ、執務室のような場所へ連れていかれて紙とペンを与えられる。

ロマネーシャ国教の教義を箇条で教えられているはずだ、全て正式な公用語で書き出せ、と命じられ、突然の難題に私は冷や汗で手の中を濡らした。

無理だ。確かにかつて教わったが断片的にしか思い出せない。ペンを握るのすら本当に久しぶりで、その持ち方の間違いをまず指摘され、嘲笑される。

結局出された課題を半分もこなせなかった私は、その体たらくでよく聖女の前に出ようなどと思ったなと怒れる神官から鞭打ちを与えられた。

その後は私を連れてきた神官と兵士から、よくも我らに恥をかかせたなと激怒され、二人がかりの激しい打擲を受け、同時に何度も蹴られた。

ひたすらに身に降りかかる痛みの中、ここで死ぬのだろうかとぼんやり考えた。

逆にどうして今まで私は生きていたのだろう。

何のために生きてきたのだろう、これが本当に「獣人の正しい生き方」なのだろうかと自問しては、激痛に思考を引き裂かれた。

床が赤く染まる。死ぬ。殺される。ここで終わりだ。

今までなんとかやってきたのに。打ちつける音と共にまた痛みが背骨を貫く。

失敗した。終わり。失敗した奴隷は終わり。

私はどこへ行くのだろう。

私はどうして生きたかったのだろう。

そんな私の耳に誰かの叫ぶ声が聞こえた。

弱々しいのに力強い。

怯(おび)えているようなのに揺るぎない。

不思議な矛盾を抱えて張り詰めたその声色。

揺らぐ意識の中で聞いたそれを私はきっと、死ぬまで忘れない。

「その人に何をしているんですか！　ひっ、ひどい怪我を、し、死んでしまいますっ！

あなた方はどうしてこんなことを！」

「聖女様、あなたには関係のないことです。口を挟まれませぬよう。ただの奴隷の処分ですよ」

「処分⁉　殺す、ということですか⁉　そっそれなら……殺すくらいならその奴隷を僕にください‼」

聖女の直々のご指名ということで私は当初の予定通り、聖女の従僕としてその身の回りの世話をする雑用係としての役目を任された。あの怒れる神官は、どうせ偽りの聖女だ、薄汚れた獣に世話をされているのが似合いだ、と吐き捨てて去っていった。

それからの生活は以前よりずっと楽になった。城の食事係が作った聖女用の食事を配膳する。侍女が洗った聖女の着替えを部屋まで持ってゆく。聖女の部屋の掃除、いつ神官が訪れても失礼のないように、ベッドを整え調度品を磨き上げ、床には埃一つ残さない。

それらが私の仕事になった。他にも聖女に何か命じられれば応じねばならないのだが、聖女と呼ばれる人間の男、黒い髪と眼を持った彼は私に何も望まなかった。

朝から夕暮れまで続く屋外での重労働に比べれば格段に体は楽だ。だがこちらの生活はこちらの生活でひたすらに神経を遣う。

ここには兵士の目もあり、神官の目もある。常に何一つ失敗は許されない。

私が側仕えに着任したその日のうちに、同じ城の中で働いていた奴隷が廊下の曲がり角で誤って神官にぶつかってしまったところを目撃した。奴隷は即座に謝罪し、平伏した。どういうつもりだと問われると、他の神官に呼び出されていて急いでいたのだと理由を説明した。すると神官は連れていた兵士に命じ、兵士は二人がかりで奴隷を担ぎ上げるとそのまま窓の外に放り捨ててしまった。奴隷は己に起こった事態を呑み込めていなかったのだろう。え、という短い疑問の声の後に、何かが潰れる鈍い音だけが聞こえた。

ここは城の三階。下は確か石畳だ。

明日は我が身。いや、本来ならすでに……。私はたまたまあの聖女と呼ばれる方に命を拾われただけ。

普段は油断を許されない生活だったが、聖女の部屋の中で彼と二人きりになる時間だけは唯一私が気を緩められる時だった。

聖女というくらいなのだから人間の女性なのかと思っていたがその人はなぜか男性で、本来ならば柔和な雰囲気をまとうお方だったのだろうことはその様子から窺(うかが)えた。しかし今は無気力に、どこか嘆くようにその瞳を曇らせている。

今もベッドの上でじっと時が過ぎるのを待っているように見える。

他の世界から召喚されてきたロマネーシャの希望。救国の聖女。

正直なところ、どうにもそうは見えないお方だったのだが、私にとっては命の恩人。そして唯一憎まずにいられる人間。自分の命を救ってくれたことに感謝もしていた。

そんな聖女はコウキ様というお名前だった。

コウキ様はときどき私に話しかけてくる。短い挨拶(あいさつ)と、短い質問。頭の上の狼の耳や尻尾(しっぽ)について尋ねられたり、ここはロマネーシャという国なのか、と問われたり。

私はそれに分かる範囲でなるべく丁寧に返答していたのだが、会話をしている間はコウキ様の体から妙な緊張と怯えが抜けているのに気づいた。この方は私との会話を喜んでくれている。

意見など持つことも許されないはずの奴隷の私との時間を……。命の恩人に少しは報いることが出来たのかと私は嬉しくなる。

　嬉しい、という感情そのものに妙に戸惑った。何年ぶりだろうか。嬉しいと感じたことなんて。いや、嬉しいと思ったのはこの時が初めてなのかもしれない。

　召喚されたと言われているが、考えてみればコウキ様も突然どこかから誘拐されてきたも同然の立場だ。ある意味私と変わらない。コウキ様もこのどうにもならない境遇の中で、私との会話をほんの少しでも安らぎだと思ってくれているのであれば、と考えながら私は自分から少し話題を広げた。

「コウキ様、今朝は薄曇りで霧も出ていましたが、晴れ間が出てからは虹がかかりましたよ」

「確か昨日は雨でしたね……。虹、綺麗なんだろうな」

　昼夜の時間の流れすら分からない、窓のないコウキ様の部屋。

　コウキ様はよく外の様子を私に尋ねてくる。そうでもしていないと時間が流れているという現実すら見失いそうなのだろう。陽も風もないこの部屋に閉じ込められた日々が永遠に続くかのような恐怖を覚えているのだとしたら、それはあまりに哀れだ。

「あなた様はロマネーシャにとってかけがえのない存在です。こんな監禁まがいの扱いなどいずれ終わるはず。きっとお外にも出られます」

「そ……うですね、そうだといいんですけれど……。リアンさんが来てくださると外の匂いがして、少し気が晴れるんです。本当に、助かっています……」

そう言ってコウキ様はベッドサイドのテーブルの下に隠してあるコップをちらりと見た。そこでは私が先日こっそり庭園で摘んできた一輪の花が少しうつむいている。

本当は互いに夢物語だと分かっていた。

それでも私たちは慰めの言葉を交わし合う。

コウキ様も私もきっと死ぬまでこのままだ。

今日を耐えるために。明日を生きるために。

そうやって私の話を何でも興味深そうに聞いてくれるコウキ様だが、会話のなかで頷きながらも、ときおり私の首に嵌った奴隷の首輪をじっと見ているのは、向こうも私を哀れんでくれているからだろう。

神官たちはコウキ様の髪や眼の黒い色、そして古傷のせいで動かない片脚が気に入らないらしい。伝承と違う姿だというのがその理由。

この方を貴重な聖女として扱ってはいるものの、心から敬っている様子はなかった。それどころか、聖女が持つ癒やしの力を求めて気を失うまで血を抜かれる、夜ごとに凌辱されるなどという残酷な仕打ちが始まり、私は己の目を疑った。

それが行われる間、私は廊下に立っている。じっと、コウキ様の部屋の前に控えている。それが役目だから。

じっと立ち尽くす。ドア越しにあの方の苦しげなうめき声が、時には悲鳴が聞こえる。血の匂いが鼻の奥を撫でる。だが私は拳を握りしめ、ただ立っていることしか出来なかった。

今すぐあの方を、私の恩人をお助けしたい。その想いが全身をわなわなと震わせたが実際に足は動かなかった。廊下の窓からゴミのように放り捨てられた獣人の最後の顔が私の脳裏には焼き付いていた。

私には城の外のことはあまり分からないが、この国の現状はどんどん悪くなっているらしい。お前の祈りは何も生まない、また疫病が蔓延り始めた、災害も飢饉も増える一方だ、それでも聖女なのか。

そう罵られながらコウキ様は今夜も汚される。

そんなことを繰り返すうちに、コウキ様は生きる気力も感情すらも失っていった。見るからにやつれてゆく容貌。食事も私の介助がなければとろうとしない。心身共にもう限界が見える。当然だ。こんな目に遭ってまともでいろという方が無理だ。

それでもどうにか気力を繋げていて欲しくて、私は二人きりになると彼の世話をしながら静かに話しかけ続けた。こんなことをして何になるのだ、と自分を半分責めながら。

今にもぷつりと命の糸が切れてしまいそうなこの方に少しでも生き延びてくれと願うのは、もっと長く苦しめと言っているのと同じなのではないかと苦悶した。

もはやここには絶望しかなかった。私にも、救国の聖女であるはずのコウキ様にも。もうここは駄目だ。

どこかに。私はどこへ行きたいのだろう。このお方と、どこへ。

そんな私の胸中の叫びは意外な形で現実になってしまった。

ロマネーシャ王都にまで攻め込んできた他国の軍勢。西方より夕日を背負って現れた、地を埋め尽くす大群の獣人を主体とした兵士たち。

混乱に陥った王城の中で私には己のやるべきことが分かっていた。足手まといになるから一人で逃げろと首を振る聖女……コウキ様を背負って走る。

どこへ行くと叫ぶ兵の声を無視して振り切る。敵が攻めてくるの、私たち殺されるの、嫌よ助けて、と侍女たちが数人で固まって泣き叫んでいるのを横目に私は城内を駆け抜け、裏手へと向かった。

裏庭から出て脱出用の隠し通路へと全力で疾走。ここの存在を神官たちが話していたのを聞いていたのが役に立つ日が来るとは思わなかった。

どうか僕はそのままに、リアンさんだけ逃げてくれとコウキ様はまだ言っていたが、今、背中にこの方の重みがあるからこそ私は走れるのだ。

結局、ロマネーシャ王都は想像よりずっとあっけなく陥落したようで、見慣れぬ他国の旗が街中に立てられていった。私たちは敵兵に見つからぬように城下町を抜けて郊外へ、そして森へとすみやかに移動した。

その道中、妙に頭の中がすっきりとしているのに気がつく。何もかもを諦め、自ら放棄していた思考が戻ってきていたように思う。逃げる最中、何度も兵士に捕まりそうになったが全てかわした。

狼の獣人である私は俊敏だった。自分がこんなにも動けるのだと初めて知った。今までは神官や兵士たちがあれだけ恐ろしかったのに、急にさほど脅威ではないように思えてきた。私の中の「奴隷としての正しい生き方」が明らかに壊れてきていた。

未だ首には重い首輪があるが、それでも己にも違う生き方が出来るのでは、と胸の奥でうずき始める衝動がある。その想いの熱さと背中のコウキ様のぬくもりがじわりと溶け合う。

この方とならどこまでも、どこまでも駆けていける気がした。

その後は森の中の廃屋などを転々と二人で隠れ住み、ようやくたどり着いた安全そうな場所。ここを拠点にコウキ様に体を休めてもらい、体力を取り戻してもらわねばと食料の調達に勤しむ。とりあえず状況は落ち着いたが、こんなあばら屋にいつまでもいるわけにもいかないので、いずれはどこかに移動を、と考える。

他国まで行かねば。でもどこが良いのだろう。どの方角へ行ったらどこへ着けるのだろう。その先にはどんな国があるのだろう。私はどこだっていいが、人間で、ロマネーシャの聖女であるというコウキ様はどこへ行けば安全に暮らせるのだろう。

奴隷の私はあまりに無知だった。

先の見通しの立たぬ日々だったがそれもそう長くはかからずに終わりを告げる。今日も私は食料探しと水汲みに出かけた。その帰り道、コウキ様が待つはずの廃屋の周囲に何人もの兵士が近づいているのに気がついた。廃屋の扉が開いているのも見えた。

一瞬にして背筋が冷たくなる。何者だ。狙いはコウキ様か。ロマネーシャが聖女を取り戻しにきたのか？

いや、あの兵は獣人だ、ということはロマネーシャに攻め込んできた軍の兵士か⁉

瞬時に思考が巡る。そして私は無鉄砲にも彼らに向かって威嚇の唸り声を上げ、飛び掛かった。とにかく追い払わねば。片脚の不自由なコウキ様は逃げることも出来ないのだ、敵は倒すか追い返すしかない！

だが向こうは訓練された兵士であり、気力体力に満ち、剣と鎧を身に着けた集団だった。素手の奴隷に出来ることなど何もなかった。

あっという間に私は兵士たちに捕まり、叫ぶことしか出来ない。お逃げください、と必死に小屋に向かって声を上げる。

そして小屋の中から姿を現したのは、周囲の兵士とはまるで違う体格の影。獰猛(どうもう)さを秘めた眼光と、逆立つようになびく金の髪が強烈な印象を作り出す逞(たくま)しい男だった。

その頭には獣の耳。やはり獣人。奴隷の中では見たことのない種族。その男と視線を交わらせた瞬間、私は呼吸を止める。向こうも私を見ていた。

体が自然と強張(こわば)る。これは、恐怖か。そうか、これが「恐怖」なのか。

奴隷に向かって鞭を振るう人間の兵士も偉そうに飾り立てられた神官も皆怖いと思っていたが、あれは真の恐怖などではなかったのだ。本当の、圧倒的に強い生き物との邂逅(かいこう)という、本能に突き刺さる恐れを私はこの時初めて知った。

だがそれでも必死に息を吸って叫んだ。獣人の分厚い体軀(たいく)、その太い腕の中に軽々と収まってしまっているコウキ様を助けねばならないと、全力で兵士を振り切って金色の毛並みの男に飛び掛かる。だがこちらの動きなど見切っているとばかりに、相手は余裕の態度で突撃をかわし、私は触れることすら出来なかったのだ……。

二章

馬車の中、油断のならぬ気配をさせつつも態度やその口から出る言葉だけは飄々（ひょうひょう）としている金色の獣人は、獅子（しし）族のライナスだと改めて名乗った。

バルデュロイという国で将軍職に就いていると聞き、そこでやっと私は記憶の中からその正体を探り当てる。『豪嵐の荒獅子』という豪胆な二つ名で呼ばれる武人だ。ロマネーシャでは憎々しげに語られていた敵国の将軍とこうして対面する日が来ようとは思ってもみなかった。

我々にとって敵なのかどうかは微妙なところだ。確かに私とコウキ様はロマネーシャに属する者だったのでこの獅子は敵といえば敵だが、私たちはロマネーシャに虐げられた立場でもある。

そういう意味ではあの忌まわしい神聖王国を食い破ったバルデュロイという国に対し妙な感謝も覚える。

ライナスは……、そして行く先に待ち構えるバルデュロイ王、『血染めの狼王（おおかみおう）』という危険な二つ名を持つその人物は、コウキ様をどうするつもりなのだろうか。

巡る不安が刺々しい言葉に変わる。けれども私の攻撃的な問いに対してライナスは始終穏やかだった。私とコウキ様は親密に見えるが交際しているのか、などというふざけた質問までしてくる始末だった。

だが実際、ライナスと兵士……いや、バルデュロイでは確か騎士というのだったか。彼らから逃げることは不可能なのだから、今は信用して従うしかないのだろう。

コウキ様もそうしろと私に訴えている様子だった。

私の首からは黒ずんだ首輪が外された。物心ついてからずっと自分の体の一部だったものがこんなにあっけなく消えるのかと私の心はひどく乱された。


見上げても果てのない高さ、途方もない大きさの生命の大樹に抱えられた西方の国、バルデュロイ。獣人が多く住み、ロマネーシャとは敵対関係を続けていた国だ。奴隷仲間に私はこの地方の出身だろうと言われたことがあったが、確かにこの町と周囲の森の匂いは記憶のどこかにあるように思えた。

今のところコウキ様が丁寧に扱われているのに一応は安心をしつつも警戒を解けずにいたのだが、王城へと到着してしばらくすると私とコウキ様は引き離された。

王の謁見が始まるそうだ。私は大人しく指示に従って別室に控えた。本当は傍を離れたくはなかったが、コウキ様の立場を悪くしないためにも騒ぎを起こすわけにはいかない。

大丈夫だと言うライナスを信用してコウキ様を任せるしかなかった。だが、数時間後に申し訳なさそうにしながら現れたこの男に私は摑みかかることになる。

「コウキ様が怪我をおわされた……っ⁉　どういうことだ将軍殿‼　任せろと、守ると言ったのは偽りだったのか‼」

叫ぶ私に対し、何の釈明もせずにすまないと頭を下げるばかりのライナスを私は思い切り殴りつけた。二度三度と拳を浴びながらもライナスは防御も避けることもしなかった。

「最初からコウキ様を見せしめとして、ロマネーシャの聖女を皆の前でいたぶるつもりで捕らえたのか⁉　迎えに来ただなどとあの方を騙して……！　答えろ‼」

「違う。そんなつもりはなかった。だが事実として怪我をさせたし、守るという約束も果たせなかった。それについては詫びるしかねえと思ってる」

どうしてそんなことになったという問いに返答はなかった。

「とにかく今すぐにコウキ様に会わせろ！」

「出来ねえんだ。こっちもいろいろあってな。今は……」

「ふざけるな‼　私はっ、コウキ様は、お前を信じていたのに……‼」

「すまない、本当に。だが今度こそ約束する。これ以上、コウキを傷つけるような真似は

絶対にさせねぇから」

「その言葉が信じるに足るとでも⁉」

「確かにお前の言う通りだ。だがどうか今は待ってくれ。近いうちに必ず会わせる……それまでは俺の屋敷でその時を待ってくれ。頼む、リアン」

「……それはコウキ様の身柄はこっちにあるのだ、大人しく命令に従え、と私を脅しているのか？　だとしたら従うが、忘れるな。これ以上、コウキ様の身に何かあれば貴様らを絶対に許さない」

「……そうだな、リアン……」

そんなやりとりを経て、私はライナスの私邸へと移送されることとなった。納得したわけではない。だからといって、私に出来ることは何もなかったのだ……。

その際に宰相のリンデンだと名乗る髪に草の葉が絡んだ線の細い男が現れ、ライナスと同じ内容の謝罪をしてきた。この事態の原因と理由についてはいずれお話ししますと丁寧に頭を下げてくる。

私はそれに対して小さく頷いた。

宰相と共に現れた、紅茶色の髪に赤い花を咲かせた女もまた私に向かって丁寧なお辞儀をする。

「リアン様。バルデュロイ王城の侍女、リコリスと申します。以後は私が御子様の身の回りのお世話をさせていただきますので、ご挨拶に参りました」

「コウキ様のお世話なら私が……！」

「ここまで御子様を守ってくださったこと。そして、御子様の御身を想ってくださるお気持ちには感謝しております。ですが、今はあなた自身もその体を休める必要があるのではありませんか？　リアン様はどうかライナス将軍の邸宅にてお過ごしくださいませ。不肖ながらこの私がリアン様の代わりとして、御子様には不自由なく過ごしていただけるよう最善を尽くす所存です。どうかお任せくださいませ」

見た目だけはか細く美しい娘。だがその言葉にも慎ましやかな態度にもまったく揺るぎがなかった。全てはすでに決定事項だ、口を挟む余地などないという圧が見え隠れする。

「御子様は、これまで自由のない生活を送られてきたリアン様には自分で選んだ道を生きて欲しいと望んでおられるはずです。あなたはもう奴隷ではないのです。まずはそのご準備としてライナス様の邸宅にて静養なさいませ」

「コウキ様が……、そう望まれたのですか？」

「いえ、これは私の推測にすぎません。ですが、今あなたがここにいたとしても出来ることがありますか？」

そう言われてしまえば、もう反論の言葉は見つからなかった。

自分で選ぶ道とは何なのだろう。私に自由に生きろと言うのか。

自由とは、確か自分の行いは自分で好きに決めていいという意味だったか。
それならば私は私の意思でコウキ様のお傍に在りたいというのに……。

ライナスの私邸は城のすぐ近くにある大きな屋敷だった。他国にまで名を馳せる将軍の屋敷だというのに、きらびやかさよりは重厚さが勝つ印象の造りだ。人の手が入り、整えられた広い庭。端の方は美しく生け垣と花壇が作られているが、庭の中央には不自然に大きな広場があった。

私に貸し与えられた一室は今まで過ごしたこともないようなきっちりと整えられた客室で、そこで一人になった途端にどうしようと戸惑う。

目の前には白いシーツのベッド。ベッドは身分の高い人間しか乗ってはいけないものだ。私は……もう奴隷ではないようだけれど、奴隷育ちの私はここに乗ってもよいのだろうか……。

ライナスの私邸はそれなりに人が多く、雰囲気は明るい。家令のような者や家事をこなす侍女以外にも、警備をしている騎士や、何やら事務所のような部屋で書類仕事をしている者もいる。

食事の時間には皆で食堂に集まるらしいが、私の夕飯は部屋まで運ばれてきた。

「これまで本当に大変な思いをなさいましたね。長旅でまだお疲れでしょう。旦那様からも言いつかっておりますので今日はこちらにご用意しておきますね。お困りのことがあれば何でもお申し付けくださいい」

と侍女が気遣ってくれたのだった。

銀のトレーに載った一番大きな皿にはごろごろとした肉を煮込んだ濃い色のスープ。大きく切られた野菜もたくさん盛られている。香ばしい匂いの丸いパンが二つ。野菜と何かを和えた小鉢。カップに入った淡い色の茶。銀色のフォークとナイフ。

「……えっと……これは……」

それらを前に私は固まる。労働奴隷の食事は乾いたパンを手づかみでかじるか、椀で与えられた粥をそのまま直接、食器に口を付けて流し込むのが日常。

きちんとした食事の正しい食べ方が分からない。昔に習ったおぼろげな記憶をなんとか引っ張り出す。

カトラリーの持ち方はどうだったか。何からどう食べたらいいのだったか。

いずれ私も食堂で他人と並んで食事をすることになるのだろう。それまでになんとか汚らしくない食べ方を覚えなければ。

しばらくして皿を下げに来た侍女に恥を忍んで食器の使い方を尋ねると、その侍女は息を呑んで、逆に謝られてしまった。

「私も獣人ですがこの国で育ち、この国で生きてきました。ですから、何も分かっていなかったのですね……。ロマネーシャという国で獣人であるあなた方がどのような扱いを受けていたのか……。どれほどひどい目に……。長い間、本当に……」

その目に涙を浮かべる侍女の姿に私はただただ困惑するだけだった。

フォークの持ち方さえ知らない私を哀れんでくれたのか、涙を流していた侍女は優しく微笑んで、お教えしますので一つずつ覚えましょうと言ってくれた。

するとドアをノックする音と共にひょっこりとライナスが現れた。

ゆるく胸元の開いた私服姿は粗野になりかねないものだったが、それでも彼から妙な高貴さが見て取れるのはその育ちゆえか、この国でも名門の貴族だという血筋のおかげか。

私にはないものばかりで構成されるこの男がかすかに羨ましくもあったが、住む世界が違いすぎてねたむ気持ちすら浮かばない。

「リアン、飯は食えたか？　国を跨げば食いもんの味付けもがらりと違うしな、慣れない味だったろ、大丈夫だったか？」

「将軍殿には奴隷の食生活など想像もつかないか。それとも、身に余る晩餐でした、と感謝すればよろしいのか？」

「悪ぃ、ああそうだな。奴隷……か、すまん無神経だった。同胞がロマネーシャでどんな扱いを受けていたのか……。ああ、俺は本当に駄目だな。気に障ったなら謝る。悪かった」

そう言ってライナスは真面目な視線で私を見た。分かっている、礼を失しているのは私の方だ。コウキ様の件でこの男には言いたいことがあるとはいえ、食事を提供してもらったことに対する恩は別件だ。

隣で私のことを心配していた侍女もライナスの姿に動揺しているようだがすぐに何かを思いついたらしい。

「ライナス様、それではリアン様とご一緒にお食事を召し上がってはいかがですか？　ライナス様がリアン様に教えてさしあげればよいのですよ。バルデュロイの獣人の生き方を」

「なるほど名案だ。なら、俺のもここに頼めるか？」

「承知いたしました」

そう言うと、侍女はそそくさと部屋から出ていってしまう。

「あの方に気を遣わせてしまいました……あなたに悪意があったわけではないのも分かっています。私の方こそ失言でした」

「いや、俺が悪かった。自分の中にある常識とお前さんたちが置かれていた状況がどうにもかみ合わなくてな。ただ、とにかくちゃんと飯を楽しんでもらいたいってのが本音だ、食いたいもんとか苦手なものとか味付けとか、あったら教えてくれ」

「お気遣いなさらず。用意してもらったものは感謝していただきます。テーブルマナーもこれから覚えるようにしますので」

そんなやりとりをしているうちに、私の食事が用意されていた対面に同じものがもう一揃え。ここでライナスが食事をとるというのは本当のようだ。

「よし、とりあえず座って食おうぜ。俺はお前の知らないことを教えてやる。だから、お前も俺に教えてくれ……。お前たちがこれまでどうやって生きてきたのかを……。もちろん話したくないことは話さなくていい」

将軍自らがそんなことに時間を割く理由が分からなかったが、手本を見せてくれるというのなら学ばせてもらおうと頷いた。

だが、奴隷の話なんて聞いてもつまらないだけだろう。そこにあるのは虚無と死。それを語ることに抵抗はないが、目の前の金色の獅子はそれを聞いてどう思うのだろうか。

私のことを哀れむのか？　それとも……。

私はライナスの姿に倣って食事をとった。それは、口に含むたびに衝撃に満ちたものばかりで上手く口では言い表せない。ただ、ライナスからうちの料理人の料理は美味いと評判なのだと言われてこれが美味しいという感覚なのだと知った。

そのお礼として私は伝えた。あの国で、奴隷がどのような存在だったかを。

あの日、窓から投げ捨てられた奴隷の話をしたところで、ライナスはもういいと手を震わせて言った。

その声は怒りを孕んでいるように思えた。

どんな顔をしているのだろうと見上げれば、眉間に深い皺が刻まれているのが見えた。

私とライナスが食事をとっている傍でお茶を淹れてくれていた侍女はその場で倒れてしまい、別の使用人に運ばれていった。

さすがに食事中にする話ではなかったのだろうか。

「それが、お前たちの日常だったってのか。くそっ、なんで今まで……‼　もう少し早ければ助かる命も……」

ライナスはこの国の将軍として責任を感じているのだろうか？　確かにバルデュロイから さらわれてきた獣人は多かったが、それはロマネーシャが悪いのであって、なぜ目の前の獅子が苦悩するのか私には分からない。

食事は結局ライナスの真似をしてなんとかカトラリーの使い方を少しだけ覚えた。

そして、翌日の朝もライナスはやってきた。ライナスが来られない日は侍女が助けてくれた。

ライナスの屋敷での生活は「客人」という扱いだった。なんとか最低限の食事のマナーを覚えてからは食堂に行くようになった。広間の大きなテーブル、周りには初めて見るあらゆる種類の獣人やそれ以外の種族、人間もいる。

　どうやらこの邸宅は国政に関わる何かの仕事の場にもなっているようだ。

　不思議とそこにいる皆が私に優しくしてくれた。人間は同じ種族として恥ずかしいと私に謝罪をしてきた。明らかに私より年下の者も涙を浮かべてよく生きていたと泣いていた。そんな風に接してもらっても私はどう返事をすれば正解なのか分からず、あいまいに頷くことしか出来なかった。

　それ以外の時間は部屋から庭を眺めた。あの妙に大きな広場では集まった男たちが木製の剣を振り回していることが多い。あれは剣術訓練用の広場だったのか。

　ライナスは夜には戻ってくる日もあるが、戻ってこない日も多い。日常的に城に泊まり込む忙しい立場なのだろう。戻った際には私のことを気に掛けるが、コウキ様については未だ何も語らないこの男に気を許すことは出来ない。

　……ただ、衣食住を用意された恩義を感じてはいる。

　数日後、ライナスに連れられて私は王城へと向かった。まだコウキ様には会えないが、どうしてこうなったのか説明は出来るとライナスは言う。

　話し合いの場にいたのは前に会ったリンデンという名の宰相と、ライナスにも匹敵する大柄な白い狼。狼獣人の私とはまるで違う、人と獣が上手く混ざった神秘的な姿には正直気圧されたが……そうか、彼がバルデュロイ王、『血染めの狼王』なのか。

私はコウキ様のこれまでの境遇について説明し、彼らはコウキ様が負傷するに至った経緯について私に語った。彼らの言う『豊穣（ほうじょう）の御子』とはいかなるものなのかの説明もされた。

説明に対して全て納得したわけではなかったが、それでも状況的にコウキ様は彼らに託すしかないのだと察する。

すでに一度裏切られた。だからこそ今度こそはと願わずにはいられない。

狼王エドガーは噂（うわさ）に聞くよりはまともな人物に見えたが、実際の行いについて聞いた時には正直殺意を覚えた。……今後はコウキ様を傷つけないというその言葉を信用しても良いのだろうか。コウキ様への暴行と凌辱（りょうじょく）を自ら認め、己の口で私に語ってきたその態度を信じてみるしかないのか。

神狼（しんろう）と豊穣の御子の絆（きずな）。それが本物であると。

宰相のリンデンはコウキ様に媚薬（びやく）を盛った件について私に謝罪してきた。正直、不快な事実ではあったがそこにコウキ様を貶（おとし）める意図はなく、少しでも体の負担を減らすためだったというのは信じてもよいのだろう。少し話しただけでも分かる、この宰相は抜け目のない、賢い相手だ。だが不誠実で狡猾（こうかつ）な者には見えなかった。

帰り道、ライナスは私に礼を言った。

「ありがとうな」

「何がですか」

「今日までコウキを守ってくれて、コウキを大事にしてくれて。今まで何があったのか教えてくれて。そんで俺らの話を聞いてくれて。俺が頼んだ通りに屋敷で大人しくしていてくれた。何もかも、本当に助かった」

「……そうですか」

「近いうちに必ずコウキに会えるようにするからな。それと、これからもうちにいてくれればいい。なんかほとんど部屋で過ごしてると聞いてるんだが、別にどこでも自由に歩いてもらって構わねえし、屋敷の外に出てもいいんだぞ。あ、必要な物があれば侍女か家令に言えよ？　すぐに用立てるから遠慮すんな」

「着替えはすでに一式受け取りました。食事も用意していただいています。他に必要な物はありません。外出する用事もありません」

「……お前……そうか、分かった。じゃあ明日からは俺についてこいよ。まあ仕事だからそう面白いところには行かねえが、部屋に籠もってるよりは動いてた方が気も晴れるだろ。バルデュロイって国そのものを見て回ることになるしな」

「何のために？」

「そりゃあお前、小っせえ頃から奴隷暮らしで外のことをろくに知らねえんだろ？　だったらこれから見て、知っていくしかないだろ。広い世界ってもんをよ」

名案だとばかりににやりと笑う獅子に、はあと私はあいまいな返事をした。

そして実際にライナスは翌朝さっそく朝食を終えた私の横へ来て、今日はどこへ行くとかどんな仕事をするだとか説明を始めた。奴隷労働しか知らない私にとっては未知の話。説明されても何が起きるのかよく分からなかったがとにかく強引に連れ出され、バルデュロイの王都であるバレルナというこの街の大通りを歩くが、道を行き交う人の多さを改めて実感し、眩暈がした。

並ぶ商店、あちこちに荷車、雑踏に話し声、道や店には人や獣人、見上げれば空を行く翼のある人……全てが活気に満ちてごった返す街の様子は自分の知らない世界。

私はぽかんと間抜けな顔を晒して目を丸くしていたのだろう。ライナスはそんな私を眺め、なぜだか実に満足げだった。

その後も私は毎日ライナスの将軍としての仕事についていき、傍にいるだけなのだが連れ回されたので、すぐに王家や騎士団のことについてそれなりに詳しくなった。仕事が終わればライナスは繁華街に私を連れて繰り出すことも多いので、街の市民生活についても知ることが出来た。

使命感を胸に働く騎士たち。

日々を楽しむ民衆。

ここはあの奴隷部屋とは何もかもが違う……。

誰も彼もが輝いていた。あれが『自由』なのだろう。自分の意思で生きる人間の姿はあまりに生き生きと眩しく、私もあんな風に生きていけるのかと考えた。

そんな日々の中、やっとコウキ様との再会の機会が訪れる。

場所は王城、コウキ様の私室。『豊穣の御子』としての若草色の衣装をまとうコウキ様は以前よりずっと顔色も良くなり、痩せこけて筋が浮いていた首筋や手も健康的になっているのが見て取れた。

今度こそ『豊穣の御子』として丁重に扱われているのだろうと安心したが、コウキ様も同じことを思ってくださっていたのだろう。お互いに再会を喜び、手を取り合った。

従者であるというのに傍にいられなかったこと。守れなかったこと。それらを謝罪するとコウキ様は笑みながら首を振った。

謝らないで欲しい、と。このお方らしいその優しさがむしろ苦しい。これからはずっとお傍に置いて欲しい、そう言おうとしたその時、コウキ様は私と視線を合わせながらゆっくりと手を離した。

そっと背を押すように。

まるで決別するように。

私だって本当は分かっている。覚悟もしていた。だがはっきりと伝えられてしまうと、やはり胸が痛んだ。コウキ様は、これからは豊穣の御子として神狼と共に生きていくのだと。

このお方はもう私の主（あるじ）ではなくなってしまったのだ。

必死に不安を呑み込みつつ、恩人であるあなたに仕えることだけが私の価値だった、あなたに不要だと思われてしまったら、私はもうどうしたらいいか分からないと訴える。

主人と奴隷。あなたとならばその関係すら絆だったのだと。

けれどもコウキ様は、それは違うのだと説く。私は自由に生きねばならないのだと。自由。自由、自由。かつてかび臭い部屋の底で渇望したそれが今はむしろ伸（の）しかかる。

私は何にも誰にも導かれずに私として生きていけるのかどうかが分からない！

けれどもコウキ様の言葉は続く。主人と奴隷ではなく、お互いに友としてこの先を歩んでいきたいのだと。友、とは何だったか。どういう概念だったか。分からない。

「自由」に続いてまた分からないことが増えてしまった。私はもうどうしようもなく不安だった。果てのない水の中で一人溺（おぼ）れるような、そんな気持ちだった。

けれども私は恐らく自力で水を掻（か）き分けて息をして、泳ぎ方を模索しなければならないのだ。どこを目指して泳ぐのか自分の頭で決めなければならないのだ。

それこそが自由であり、自立だ。それが出来た時、私は……、私はきっとコウキ様が望んでくれた「友」になれるのだろう。

　このお方と対等に並んで歩ける存在になれるのだろう。

　私は、コウキ様の友でありたい。

　二人でロマネーシャから逃げ出したあの時のように、胸の奥が熱く拍動した。どこまでも行ける気がしたあの瞬間を思い出す。目をつむれば涙が一筋、頬を伝っていた。


　その日の夜、ライナスが私の部屋を訪ねてきた。手には瓶が一本とグラスが二つ用意されたトレーがある。テーブルに並べられて瓶の中身が注がれ、朝焼け色のその飲み物は酒類なのだろうと香りで気がつく。

「コウキとの時間はどうだった」

「お会いできて良かったです。以前よりずっと体調も落ち着いておられて、お怪我で苦しんでいる様子もなく安心しました。良くしてくださっているのですね」

「ああ。もうお前との約束を違えたりしない」

「ありがとうございます。これからもどうかコウキ様を大切になさってくださるように、国王陛下に伝えていただけますか？　以前、無礼なことを言ったこともどうか、代わりに謝罪を……」

「任せとけ、しっかり言っておく。しかしまあ、何か吹っ切れた顔してるな」

「ええ。コウキ様はご自身のご意思でこの先の生き方を決められたご様子でした。私も、私のことを決めないといけないと分かったので」

「そうか。先のことを見据えてくれて安心した。俺はコウキよりむしろお前が心配だったからよ。コウキには……やらかしちまったがエドガーが、神狼がいる。だからこそ、これからもリアンにはそういう風に前向きな顔をしていてもらいたいんだが」

「そうしたいとは思っています。あなたのおかげで見識も広められそうですし、いずれ自力で生活の目途を立てます。それまで、いましばらく世話になりますがよろしくお願いします」

「いや、今後も俺の傍でその顔をしててくれ」

「は、はあ？」

「いや……だから、どっか行くなって」

「ご迷惑をかけ続けるつもりはないのですが」

「うーん、狼さんは俺の言いたいこと、分かんねえかなあ？」

私が首を傾(かし)げると、ライナスはなんとも言えない困ったような、その困り事をどこか楽しんでいるような顔をした。

「ま、いずれじっくり分かってもらうとするか」

そして、グラスを勧められる。奴隷時代は薄汚れた水ばかり飲んでいた。ここへ来てからは茶を飲むことが出来るようになった。酒は初めてだ。なんとなくだが高価であることは察しがつくし、飲むと上手く平静さが保てなくなることはロマネーシャの下級兵士たちの振る舞いで見てきたので、どうにも口をつけるのをためらってしまう。

だがライナスは当然私がこういうものに慣れていないのを分かってくれていたのだろう、酔うような濃さの酒ではないと教えてくれた。もともと酒が得意でない者向けの、ほとんど香りだけを楽しむような果実水もどきだと笑った。

初めて飲んだ酒は、確かに甘く、どこか胸に染み入るようでわずかに苦さを感じる。ちびちびと恐れるようにグラスに口をつける私の姿を見るライナスの視線が妙に気になった。

＊　＊　＊

これまではその日の仕事をこなしてゆくライナスの横について、きょろきょろと周囲を見ているばかりだった。周囲の騎士や補佐官たちも、将軍が連れてきた客だと分かっているので私を拒絶したりはしないが、何者なのだろうと問うような視線は感じていた。

身の上について尋ねられれば正直に答えるつもりでいたが、尋ねられないので自分から発表するわけにもいかず、黙っているままでどこか心苦しい。それに周りの者たちと勝手にしゃべっていいのかどうかも分からない。

しかし、今日突然異変が起きた。ライナスは唐突に皆に対して私を私設秘書だと説明し始める。その言葉に驚いたのは周囲ではなく私だ。秘書、というのは主の傍で働く者だということはなんとなく分かるのだが、従者とは少し違うのだろう。仕事が何かも分からないし、そもそもライナスの下で働くだなんて私は言っていないし、聞かされてもいない。

衣食住を提供してやっているのだから対価として働けというのならば、それはもちろん受け入れるが、さすがに事前に話はして欲しい。

一国の騎士団を任される将軍という立場上、その執務には国家の機密に触れるものも含まれる。それを騎士団所属ではない外部の人間に見せてしまうことになるが大丈夫なのか、と部下の一人がライナスに尋ねているが、『豪嵐の荒獅子』はそのあだ名にふさわしく堂々と笑った。

「まあ俺の独断でやってることだがどうせすぐにリンデンに筒抜けだ。そんでエドガーにも話は通るだろうから問題ねえよ。とりあえずこのリアンの身元は俺が保証するし、こいつの行いに関して全責任は俺がとる。それで信用してやってくれ」

「ですが……」

「……リアンはロマネーシャの獣人だ。それを俺が拾い上げた。どうか俺の意を汲んでくれ」

そう言ってライナスが頭を下げると、騎士たちは皆息を呑んで硬直している。それはライナスが頭を下げたことによるものなのか、私の出自がロマネーシャの奴隷であることが知れたからなのか……。

慌てた騎士たちが将軍がそこまでおっしゃるのであれば何も自分たちに言うことはありませんとライナスに頭を上げさせる。その日以降、私は騎士団の中で見物客ではなく新入りのような扱いに変わった。

私に仕事を覚えてもらおうと、周囲の騎士たちも遠慮なく話しかけてくるようになる。バルデュロイ王国騎士団の存在意義や理念、規範、騎士としての生活上のルールについてや業務上の注意点について、いろいろと教えられる。まずは騎士団詰め所内にその分署、王城、城内敷地の案内もしなければならないな、と私のための仕事場案内もしてくれた。

ここの騎士のほとんどは生まれも育ちもバルデュロイの獣人たちであるらしい。それ以外の種族も交じっているがだいたいは獣人で、この仕事に就いたことを栄誉に思い、志を高く持っている優秀な者ばかりだ。

そのせいか奴隷育ちで騎士団や王国のことだけでなく、一般的な社会常識すら怪しい私はあれも知らないのかこれも知らないのか、そんなこともやったことがないのかと周囲を驚かせてしまった。

恥ずかしいが、知らないことは知らないと正直に申告して教えを乞うしかないので、こうなるに至った経緯を説明しつつ、手間をかけるが一から教えて欲しいと頭を下げる。

すると皆は私の経歴に同情してくれたのか、何でも聞け、遠慮せずに俺たちを頼れ、困ったらすぐに言えよ、一緒に頑張ろうぜ、と口々に応援の言葉をかけてくれたのだ。中には半泣き顔で今までよくやってきたなと私の背中を叩く者もいる。大型種の獣人だったのでその力の強さに少しむせてしまうと慌てて謝られた。

ライナスと共に行動しつつ、騎士たちに囲まれて仕事を覚えてゆく日々。最初は本当に何も出来なかった私も少しずつまともに仕事を手伝えるようになった。

少しでも役に立てればお荷物にならないですむかと密かに思っていたのだが、逆にライナスの表情にはどこか不機嫌さが日々垣間見え始める。

今日の日程を終えて屋敷に戻った後に、最近何か困っていることでもあるのかと尋ねたが、別に何でもねえと流されてしまった。

何でもないようには見えなかったが、自分には関係のないことなのかと無理に納得して私は自室に戻ろうとする。

その時、突然ライナスが私の手首を摑んだ。

「どうか、しましたか？」

少し驚きに裏返った自分の声。

振り向いた先には自分より少し気まずげな顔のライナス。

わずかに見開かれた双眸(そうぼう)。

せわしなく揺れる獅子の尾。

手首を掴む無骨な手の力強さと熱さに私もまた変に緊張する。

「いや、その……なんだ、もしや俺はイライラしてるように見えてたか？」

「少しだけ。あなたは立場上、忙しい方です。それに騎士団の騎士たちの命という重いものを背負っておられます。たまには、心に余裕のない時もあるのではないですか？　日々激務であることは近くで見ていたのでよく分かります。たまには早めに休まれてはいかがかと」

「そうじゃなくてそれはだな、……お前が悪いんだぞ……」

「私が？」

「俺じゃなくて周りのやつらにばっかりいろいろ聞くし頼るし……、騎士連中はやたらとお前の面倒を見たがるし、お前はあいつらに懐いてるし。仕事のことで聞きたいことがあるならなんで俺に聞かねぇんだよ」

「お忙しそうでしたので。それに皆様が私に構ってくださるのは、日替わりで私の指導役として仕事を教えてくださることになったからですよ。今日のリアン係、とか言われていて正直言って私も恥ずかしいのですが、とても助かっていて……。忙しいあなたの手を煩

わせる必要がないのはいいことではありませんか？」

「いや、だから！　お前は俺の秘書なんだからリアン係は俺であるべきだろうが！」

「秘書の面倒を見ていて雇い主の仕事が妨げられては、本末転倒というものではないですか……？」

「邪魔になんかなんねぇよ！　だからちゃんと俺に聞け、俺に頼ったらいいだろ……！」

「いえ、でも他の方について知ることもこの仕事には大事だと思いますし。あなたでなくても」

そう告げるとライナスは、衝撃を受けた表情でいっそう強く私の手を握る。

「……俺じゃなくて他の奴が良いってのかよ……」

その呟き(つぶや)の意図が分からず、私は首を傾げる。

ライナスも次の言葉を探しているのか妙な沈黙が漂い始めたが、そこに急に淡々とした口調の言葉が差し入れられる。

「ライナス、その辺にしておきなさい。狼君が困っていますよ」

突然のことに驚き、振り向く。背後には人影。気配も足音も何もなく私の真後ろにいたのは妙に特徴のない男性。

逞(たくま)しくも華奢(きゃしゃ)でもない体格、派手ではないが地味でもみすぼらしくもない、王都の民として一般的な服装、片手に帽子を携えていた。失礼な言い方をすれば見かけた数秒後には忘れていそうな凡庸な顔。年齢的にはライナスと同世代か少し上くらいだろうか。

その男性に獣の特徴はないが人間の体臭もしなかった。

その男性の姿を見たライナスの手が明らかに脱力し、その背が少し丸まる。

「戻ってたのかよ、先生」

「今日の昼過ぎに。そちらの狼君が噂に聞くリアン君ですか」

誰かは分からないがとりあえずお辞儀をして名乗ると、向こうもゆったりとしたお辞儀を返してきた。

「初めまして。カザーリア家にて家庭教師の任を賜っておりますノインと申します」

「かてい、教師？」

「俺んちに住み込んで、うちの家系や親戚筋の子供たちにいろいろ教える仕事だよ。俺は主に剣や徒手格闘、戦術立案を先生から教わった」

「それで先生、と。『豪嵐の荒獅子』を育てられた方……すごいお方なのですね」

いえいえ、とノインは首を振ったがライナスの方は呆れたような顔をした。

「ああそうだぞ、すごいぞ、すごいヤベえ。リアンは絶対に関わるな、先生はとにかくヤベえから」

ほら行くぞ、ライナスは強引に私の手を引く。この家庭教師と関わるとろくなことがない、という呟きが聞こえてしまう。

しかし私は翌日さっそく、この先生と関わることになるのだった。

翌日はまだ日も昇ったばかりの早朝から、ライナスがバタバタと何かの準備をしていた。どうしたのだろうと様子を見に行くと、国境を任せていた部隊に何かあったらしく緊急の出動になったのだという話を聞かされた。自分もすぐに遠出の準備をしなければと思ったのだが、ライナスは真剣な顔で私を引き留めた。

「戦闘になる可能性がある現場だ、お前は連れていけねえ。俺の留守中は屋敷にいてくれ」

私は皆の邪魔になるということか。当然だ、素人に戦場をうろうろされては足手まといにしかならない。庶務や書類仕事は覚えてきたが実戦任務をこなしたことがない私はいない方がいいに決まっている。

置いていかれるという事実に困惑する私をなだめるようにライナスは手を伸ばし、がしがしと私の頭を撫でた。

「良い子で待ってな、すぐ帰ってくる。いずれ危険のない任務の時にはお前も一緒に国外を見に行こうな」

「……はい、分かりました」

本当は頷きたくはない命令に対し、肯定の返事をせねばならぬ場面。久しぶりだった。奴隷だった頃は日常茶飯事だったこの感覚。あの時はただむなしいだけだったが、今は妙に苦しい……何だか胸の奥がざわめく変な気持ちだった。

この気持ちは一体なんなのだろう……。仕事を出来ない自分が不甲斐ないのか、置いていかれることが子供のように寂しいとでもいうのだろうか？

こうして屋敷で休暇状態になった私はせめて家の中の仕事を手伝おうかと思ったのだが、掃除に料理に洗濯、全て専任の担当者がいるため私が勝手に手を出すわけにもいかない状況。どうしたものかと廊下を歩いていると、昨日出会った家庭教師のノイン殿が中庭に椅子を出して腰かけ、本を読んでいた。彼は私に気がつくとぱたんと本を閉じる。

「おや、狼君。ライナスに置いていかれたのかな」

「……今回の仕事は私では役に立てないそうです」

「では暇かな？」

「ええ。何か手伝えることがあれば申し付けてください」

「そうですね。仕事はないですが、一緒に遊びましょうか」

「えっと、遊びですか」

「ええ。剣術ごっこでも」

そう言って半ば強引にその辺で拾ってきた木の枝を渡された。持たされたそれをどうしていいのか分からず困っていると、先生は少し笑う。

「ほら、かかっておいで。どうしたのかな、君も男の子なら子供の頃にやっただろう、剣士ごっこだ。ああそうか、そういえば君は幼い頃から奴隷だったらしいね。では初めてかい？　人を攻撃するのは。やってごらんよ、なかなか楽しいものだよ」

戸惑う。渡された枝は細くしなやか。叩かれたところでちょっと痛いだけだろう。これで怪我をさせるということもないと思うが、いい歳をした大人同士がどうして庭先で剣士ごっこをしなければならないのだ。

「リアン君、来ないなら私から行くよ？」

「あの、どうしてこんなことを」

「ライナスに置いていかれて寂しそうな狼君に、遊びがてら稽古を付けてあげようかなと思ってね。リアン君が強くなったらどこにだってついていけるよ」

「ライナス殿と離れて、寂しそう……私が？」

「おや、無自覚でしたか。君の方もまんざらではなさそうだと思ったのだけれど、野暮なことを言ってしまったかな」

ふふ、と先生は少し楽しそうにしていたが、その発言の意味はよく分からない。

「えっと、強く……私は強くなれるのですか？　ライナス殿のように、とまでいかないのは分かるのですが、騎士団の騎士たちのように」

「そうだね。その骨格に体格。成長期に満足な栄養がとれなかったのであろう君の発育ではライナスより強くなることは出来ないよ。勝つことは出来るけどね」

「え？」

「強い弱いと、勝つ負けるは別の問題だからね。いくら強い武人でもあっさり暗殺されたりするだろう。ライナスにはそういう事態への対処もちゃんと教えておいたからまず暗殺することも不可能なんだけれど、まあ君ならライナスをいくらでも油断させられるから、殺せるよ」

「あの、ライナス殿を暗殺したいわけではないのですが！」

「分かっているよ。強くなって役に立ちたいんだろう？　では実践あるのみ。さ、かかっておいで」

本当に？　私は強くなれるのか？　奴隷としての苦しい現実の前に膝を折ることしか出来なかった私が。誰かに逆らうなんてことは出来なかった私が。命の恩人が毎日のようにひどい目に遭っているすぐ傍で、助けようとすることも出来ずにいた私が。

変われるのだろうか。私は。

手の中の枝を握り直す。顔を上げて先生を見る。一歩目を踏み出す、その勇気さえあれば二歩目三歩目は容易だった。息を吐く。駆けだし、全速力。私が振りかぶった枝の向こうで先生は満足げな顔をしていた。

「ほう、踏み出しましたね。まずは合格。しかし時は待ってくれないもの……特に貴重な時間を無慈悲に奪われた君のような獣人にとっては……。超特急で仕上げてあげようじゃないか、リアン君」

ひと月程度でそれなりに使い物になるようにしてあげるよ、と先生は言った。私が振り下ろし、薙ぎ、必死に振り回した木の枝を全て容易く振り払いながら。疲労困憊し、息が上がって動けなくなるまで先生を追撃し続けたのだが結局枝を掠らせることさえ出来ず、武芸を学んだ者とそうでない者の動きの差に愕然とした。

しかし今後、稽古を付けてくれるという。この人に教えてもらえばきっと、足手まといにならない程度にはなれる。ライナスの役に立てる。そう思うと胸が熱くなった。

「毎晩屋敷に戻ったら声をかけてください。急ぎで仕上げるので稽古は厳しいものになりますけれど、頑張りましょうね」

「はいっ、よろしくお願いいたします！　それでその、授業料とかそういうものはいずれ必ずお支払いしますので、待っていただけますか。今は手持ちがないのです」

「給金はこの家からもらっているからいらないよ。私の仕事はこの家の子たちを鍛えてあげることだからね」

「私はただの居候です」

「いずれこの家の子になるんじゃないかな。君はライナスが初めて本気で狙いに行っている標的だと思うし……おっと口が滑った。忘れておいてくれ」

「はい……？　あの、それと一つだけお願いをしてもいいですか」

「なんですか？」

「武芸を習う件について、出来ればライナス殿には内密にしていただきたいのです」

先生はどうしてだと言いたげに小さく首を傾げる。

「実際に少しでも強くなれてから言おうかと……」

「結果が出てから、と。努力の過程をひけらかすのは好きではないのかな？」

先生は穏やかな言葉で明言を避けてくれたが、その視線は私の内心を見透かしていたのだろう。

奴隷は結果が全てだ。課された仕事を全て終えたか、終えられなかったか、それだけが評価基準。頑張ったかどうかなど関係ない。実際に強くなれるかも分からないのに、頑張っているから評価してくれと言わんばかりの態度など取れない。私はそんな奴隷の性根を未だに引きずっている。

「リアン君。ライナスには甘えて構わないよ。むしろ甘えなさい。君の存在はあの子の欠けた部分を埋めてくれる。頑張るから応援してくれ、褒めてくれ、と少々わがままに振る舞っても問題ない。あの子はそういうのを喜んで受け止めてくれるよ」

そんな真似は出来るわけがない、と首を振る。

「ふむ……では君は『豊穣の御子』の従者だったそうだけれど、御子が何か目標に向かって努力していたが、達成できなかったと想像してごらん。君は御子の努力は評価に値しないと断じてしまうのかい？」

「まさか！」

「御子が一生懸命取り組んでいたのなら、それだけで十分偉いと思うだろう？　君は頑張った御子を褒めてあげるだろう？」

「ええ、当然です」

「では君だってライナスに甘えたらいいと思うけれどね。あの子は自分で思っているほど物事を割りきれていない、それに全てを切り捨てられるほど強くない。傍で支えてくれる、甘えてくれる人間が必要だ。まあいきなりは難しいかな。とりあえず君の希望は了承したよ、秘密の特訓といこうじゃないか」

こうして始まった私の剣術修行だったが、その内容は……なんというか、この世のものとは思えない苛酷さの……かつての奴隷労働が生ぬるく思えるほどの……まさに生と死の狭間を行き来するような………、あまり記憶がない。

せっかく指導してもらったのに記憶がないでは意味がない。先生にそう訴えるも、大丈夫だと笑顔で返される。

剣は頭ではなく体で覚えるものだから、それくらいで大丈夫だよ、と。

三章

近くにいれば落ち着かない。離れてしまえばさらに落ち着かない。初めての経験に俺は内心、相当困り果てていた。これはやはり一目惚れというやつで、要するに俺はリアンが一目で気に入ってその後どんどん思いが高まってどうしようもなくなったというわけだ。

部下たちがリアンにあれこれ教えてくれているのはありがたいはずなのに、俺のリアンに勝手に話しかけてんじゃねえ、と自分の中でもう一人の自分が常に騒ぎ立てている始末だし、だからといって自宅にリアンを監禁したいわけでもない。

連れて歩きたいし見せびらかしたい。いつも一緒にいたい。

矛盾して絡まる感情に振り回される。そんな俺の切羽詰まった状態にまったく気づいていない鈍いリアン本人に対して正直苛立つのだが、苛立ちの三百倍は愛おしいので結局愛おしい。

恋愛とはこんなにもやっかいなものだったのかと思い知る。恋多き男と噂されるこの俺が今までしていたのは恋愛ではなく、ただの性欲の発散だったのだろう。いつもは簡単だった。男も女も大概は声をかけりゃついてくるし、来なかったらそいつはパスして次に行くだけ。出会ったその日にベッドまで連れていくのだって慣れたもので俺が抱いてやれば相手は悦んだ。

そんな俺がリアンの手を握っただけで緊張して固まって、しどろもどろの告白もどきをしてしまったのだから、もう末期だった。そう、この恋は始まったばかりでいきなり末期に到達していやがった。

しかも告白はまったくリアンに理解されなかった。俺はもうコウキのことでぐじぐじ悩んでいる国王陛下を笑えねえよ、本気で。

そんなことを考えながらも仕事はきっちりこなす俺。いつも通りの出来る男を完璧に演じきる。だったらリアンの前でもきっちり堂々としてろっつうの、と自分で自分に愚痴を吐く。

出陣先のトラブルを全て解決して迅速に帰還。その帰路の最中に馬車に揺られながら考えた。結局俺はあいつをどうしたいのだと。

……結婚したい。じゃなくて、奴隷としての人生しかなかったあいつに世界の広さや美しさ、それだけじゃなくて苛酷さや残酷さも教えて、あいつ自身で自分の人生を選べるだけの知識を与えてやりたい。

そうして広がった視野で生きがいや幸福を見つけてもらいたい……ような気がするが

やっぱり結婚したい。どうしても結婚したい。あいつに選択肢を与えたくない。俺と結婚してもらいたい。

しかしリアンの頭の大半を占めるのは、コウキという存在。俺には感謝はしてくれてるし、警戒は解いてくれたようだがそれだけだ。

噂によるとコウキの方からリアンに主従の関係は終わりだと告げて今後は友人として付き合っていくという話になったそうだ。良い意味で突き放してくれたようだが、だからといって俺の方に転がり落ちてくれたわけでもねえ。

やはり俺から手を伸ばさなければ。脳裏に思い描く薄い灰色の毛並み。奴隷時代に表情を忘れたような緊張した顔に、それでも強い意志を宿した目。生真面目（きまじめ）さのにじむ言葉。どれもが鮮明に俺の中に在（あ）る。

あの全てを俺の色に染めてしまいたい。灰色の狼（おおかみ）でありながらあいつには自分の意志が、自分の色というものがねぇ。ならば染めてしまえばいいと俺の中の欲が声を上げる。

………悪いなコウキ。お前さんがせっかく手放して自由にしてくれたリアンだが、今度は俺が捕まえちまうぞ。

許してくれ、必ず、幸せにするからよ。

四章

普段はライナスの任務に同行する。やっと覚えてきた秘書の仕事をこなす。騎士団の仲間とも自然に話せるようになってきたし、少しは役に立てているだろうと一安心する。

ライナスは帰りが遅くなることも、そのまま泊まり込むことも、部下と飲みに行ったりすることも多いので、その時は私は先に屋敷に戻り、ノイン先生に剣術の指導を仰ぐ。ライナスは出陣する時には長期で家を空けるのでみっちりと修行に勤しむ。

そして、いずれ屋敷や騎士団から出て自分で仕事と住まいを探せと言われるかもしれないので、バルデュロイに来たばかりの移民向けの職業訓練などにも参加する。

足りない知識を補うため、読書も始めてみた。生活力をつけねばと考えて屋敷の調理場を任されている料理人の手伝いをしつつ、料理も教わり始めた。

毎日がとにかく忙しいが、自分で自分のやることを決める日常を満喫している。私はやっと、自分は生きているのだと感じられるようになってきている。そんな気がした。

コウキ様や、城の皆さんと一緒に街へ出かける余暇も楽しんだ。いつもは忙しく通り過ぎる道を皆とゆっくり歩き改めて街を眺めれば、そこにはたくさんの発見や面白いこともあったし、楽しそうにしているコウキ様を見られて本当に安心した。そしてのびのびと街歩きをするライナスの様子も……なんというか、見られてよかったと思った。

最近の私は……ライナスを見ていると何だか楽しい。誰より眩しい豪奢な金の髪、よく変わる豊かな表情、荒っぽく見えて隙のない仕草。そういう分かりやすい部分には親しみを覚えていたし、それだけではないということも分かってきた。

一見すると自己中心的で勝手な振る舞いをするようにも見えるライナスだが、あれはほとんど計算なのだろう。そこにはいつも周囲の和を保ち、良い雰囲気を作ろうという意図が隠されている。人を率いる者としての資質。

彼は自己を律するその先で他人のことまで気遣える大人だった。尊敬できる、目標にすべき人であると、最近になって私も気がついたのだ。

子供と触れ合ったことなどない私は、孤児院で子供に囲まれた時には戸惑うしかなかった。吠えてみてとリクエストされて緊張で声が裏返ったのは恥ずかしかったが、その無邪気な様子を眺めるのは新鮮だったし、コウキ様の「おるがん」も聴かせてもらった。

楽しく遊び歩く一日などというものが私の人生に訪れるなんて。きっとこの国に住む人たちには何でもない普通の一日なのだろうけれど、私にとってはまるで夢のようだった。

これは本当に全て夢で、目が覚めたら私はまだあのかび臭い奴隷部屋に寝転がっているのでは、と疑ったほどだった。

崩れかけのロマネーシャを抜け出し、紆余曲折を経てこの地へとたどり着き、コウキ様の本来の運命と世界の成り立ちを知り、そしてこの世界というものを見て、自由を学び……あっという間に時は流れる。奴隷だった頃は無限にも思えた一日が今は本当に瞬きのように過ぎ去ってゆき、その一瞬一瞬が尊く思える。

私は騎士団でのライナスの秘書の仕事にも慣れてきて、先生の理解不能説明不能の領域に突入している稽古のおかげで剣の扱いも一応は形になってきた。筋は良いですよ、となんとか褒めてもらえている。

学術や文化についても学べる本を揃えてもらい、勉学に手をつけ始めた。礼節やこの国の法、学ばねばならないことはまだまだ多いが、今の私はかつての私とは違うといえる。いや、変わったとまではまだいえまい、せいぜい変わり始めたという程度だ。それでも私は着実に前へと進んでいる。

今、前へ前へと少しずつでも歩みを進めていける。このわき立つ衝動の源は。

そう自分に問うと、いつも真っ先に思い浮かぶのは、金色の立派な毛並みを揺らす尻尾と広い背中、こちらを振り向いてにやりと不敵に笑うあの横顔。

……かつてはコウキ様を守るため、あの優しいお方への恩義に報いるためだけに生きていた私が、今は胸の奥に別の者を住まわせている。

ライナス。私の心の底をざわめかせる名前。この気持ちは何なのだろう。その強さへの尊敬と、身元を預かってくれたことや世間を見せてくれたことへの感謝と、彼という獣人の本質への憧れとを混ぜて、出来上がったこの気持ちをなんと呼ぶのだろう。

騎士団の詰め所で書類仕事の確認をしていると、ライナスと勤務から帰還したばかりの騎士たちがやってきた。ライナスは部隊長らしき青年の肩をがしりと抱きつつ、その背中をばんばん叩き、部隊長は呆れたように笑っている。

「いやあ、助かった！　お前に任せて正解っ」

「せいかいっ、じゃないですよ！　西へ行ったら東にも行け、北に着いたら南も頼むって、俺の部隊をなんだと思ってるんですか！」

「めっちゃくちゃ優秀で有能で俺のために超頑張ってくれる最高の部隊」

「便利な使いっぱしり部隊って正直におっしゃったらどうですか！」

「とりあえずこれで直近の問題は全部片づいたな、よっしゃ、今夜は飲むぞ!!」

「おごってもらいますからね！　部隊全員で朝まで飲んでやりますからね!!」

かかってこいや、給料日直後の俺のお財布を倒してみやがれ、と場を盛り上げるライナス。周囲からも歓声が上がる。その渦中でライナスは潑剌とした笑みで私をとらえる。

「リアン、八時にいつもの店だからな！　こないだも行ったところだ、分かるよな？」

「は、はい」

「お前の方の仕事は片づきそうか？　ま、終わってなかったら明日に置いとけ！」

帰還部隊の慰労会だと思えば必要な飲み会だ。私も遅刻しないように行かねば、と思いつつ、盛り上がる皆を見て何だか不思議なざわつきを覚える。ライナスに捕まっている部隊長が妙に気になったのだが、彼の何が気になるのだと自問する。

そしてすぐに気がついてしまった。私はライナスに随分親切にしてもらっているが、あして遠慮なく肩を抱いたりされることはあまりない。それで私は……もしかすると羨ましいのだろうか。

ああいった気の置けない関係が？　それとも、あの分厚い手に触れられることが？

私は何を考えている。ライナスはバルデュロイ王国の長い歴史にずっと名を残している名家の当主で将軍という身分、それこそ王家に次ぐ地位を持つ存在。そもそも身元不明の元奴隷の私が気軽に話しかけてよい相手ではない。

ライナスが私に親切にしてくれて身柄を引き受けてくれたのは、公人としての慈善活動でしかない。多分。

思い上がっては、いけないのだろう。

……思い上がってはいけないのだろうか？

本当に深夜すぎまで続いた飲み会。一晩中大騒ぎをしてしまって申し訳ない、と店員にこっそり頭を下げておく。しかし、あんた方はその分金もきっちり落とすから大歓迎だよ、と笑われる。解散となって夜道を散り散りに去ってゆく騎士たちを見送り、私とライナスも帰路につく。

浴びる勢いで飲んでいたライナスはさすがに酔ってはいるようだが、それでも足取りはしっかりとしているのには感心した。

「ははっ、見ろよコレ、本気でスッカラカンにされるとは驚いたぜ！」

ライナスが空の財布をひっくり返して大笑いしている。

「お店の方が、食材がなくなる！　酒ももうなくなる！　って慌てていましたよ」

「店の方もスッカラカンってか！　あはは！」

＊　＊　＊

屋敷まであと少し。夜風は少し冷たい。

何げなく。何げないふりをして、上機嫌な彼の手をそっと握る。

人通りのない道の真ん中で。きっと私も酔っている。

彼が、表情を変えた。

「……リアン」

大丈夫。酔っている人が転ばないように手を引いてあげているだけ。私はおかしなことはしていない。

「もうすぐ、着きますよ」

だからあと少しだけ。

もう通りの向こうに屋敷の門扉は見えている。繋いだ手が緊張している。私も『豪嵐の荒獅子』も。

ライナスはそのまましばし私を見つめ、そして何かを決心したようにその手に力を込めてきた。手を引かれる。

そういえば前にもこうして手を摑まれたと思い出す。ライナスは急に歩む速度を速めたかと思うとそのまま屋敷の前を通り過ぎていく。

どこへ、とは問わなかった。私は期待していたのだと思う。

部屋を借りるという短い言葉に、宿屋の店番は慣れた手つきで鍵を渡してきた。街の一角にある宿だった。レンガを積んだ壁を蔦が覆い隠す少し洒落た外観、観光客向けの宿なのだろうが、ライナスの行きつけの一つでもあるのだろう。彼がこれまで何人をここに連れ込んだのかは私には想像できないが、その末席に加えられるということが嫌ではなかった。

やはり敏(さと)い人だ。そして心根の優しい人だ。

部屋に入った途端に強く強く抱きしめられ、囁(ささや)かれる。

「……いいのか？　つうかお前、大人しくついてきちまって、何されそうになってんのか分かってるのか？」

分からないわけではない、と頷(うなず)く。

「私の思い上がりを受け止めてくれるのですね……」

「ああ？　思い上がり？　どういうことだ」

「そのままですけれど」

「どういう意味だよ、俺はただもう我慢ならなくなっただけだ、リアンっ、チクショウ、ちゃんと言葉にして受け入れられてからだってずっと自制してたんだぞ！　なんで急に手ぇ繋いだりすんだよ、どうしてそういうカワイイことをしやがる⁉」

突然のライナスの謎(なぞ)の発言に返答が見つからず、私は黙ったまま彼を見つめ返す。妙に獰猛(どうもう)なきらめきに揺れる獅子(しし)の瞳(ひとみ)に釘付(くぎづ)けにされる。

「こっちはいろいろ計画してたんだよ！　お前の状況が落ち着いてから、一日デートして、良い雰囲気の場所でしっかり愛してるって伝えようと思って！　場所だの夕日が綺麗(きれい)

な時間だのを調べてたんだ！　なのになんで急にブチ壊すんだよ!!」

「何か、計画されて……？　え、あいしてる？　すみません、よく分からないのですが私、何か計画を壊してしまったのですか？」

「壊れたのは俺の理性だろうが!!　仕方ねえから今言う！　ちゃんと聞け、一回しか言わねえから……いや、お前が聞き届けるまで死ぬまでも言い続けてやるからその覚悟で聞け！　リアン、好きだ。初めてお前を見た時に一目惚れ（ひとめぼ）して、それから毎日頑張って前を向いてるお前を見てさらに惚れた。俺が軽い男だってのは知ってんだろ。でも今はお前だけだ、お前に出会っちまって、お前じゃなけりゃ駄目になった！　お前が欲しい、愛してる！　リアン!!」

　唐突にも聞こえた。あまりに突然の予想外の言葉に頭の中で思考が空回りする。もしかするとライナスの中でも唐突だったのかもしれない。一目惚れだと言った。唐突に、私の気づかぬうちにこの関係は始まっていたのか。

　ランプのオレンジ色が返答を待つ男の顔を克明に浮かばせる。それは獲物を前に顎（あご）を開こうとする獣の顔でもあり、神に懇願する者の顔でもあった。

「ライナス殿、わ、私……あいしているとか、そういうのが、よく分からなくて」

「何も分かんなくていいから俺の隣にいろ！　それだけでいい、絶対に幸せにする、必ずだ……だから頼む、頷いてくれ、なあ!!」

「……ごめんなさい、なんと答えたらいいのかも、頷いていいかどうかも分からないんです。でも、うれしい、です……嬉しい……好き……好き、なのでしょうか？　もしかして私、あなたが好きなの、かも……」

　あの堂々とした獅子が不安げに、必死にすがるように私を見ていた。だがその両手は決して逃がさないとでも言うように両肩を掴み、私をベッドに追い詰めていた。

　まさに引きずり込まれるという勢いでベッドになだれ込む。自ら上着を脱ぎ捨てながら、リアンと何度も私を呼ぶ彼の掠れた低音が耳を撫で、頭の中をくすぐる。

　彼の喉奥から妙な唸り声が聞こえ始め、どうしたのだとその顔を見上げる。

「どうした」

「ぐるる、と聞こえてきます」

「猫科の獣人は嬉しくなると勝手に出んだよ、この音」

「そ、そういうものなのですか」

　嬉しいと思ってくれているということか。今この瞬間を、私と同じように。何だか急に恥ずかしくなった私はその喉仏の上をそっと撫でる。髭の生えた顎、首筋、肩から鎖骨、二の腕、厚い胸板。

　肌に触れるだけで分かる体の造りの違い。鍛え上げた太い筋肉の束がぎっしりと詰まった逞しい質感と、その迫力あるシルエットに呆然と見惚れる。なんと美しい獣なのだと。

同時に以前、ノイン先生に言われたことを思い出す。私の体格は成長期の栄養不足のせいで貧相だと。その後の修行中に、ウェイトがないのならその身軽さを武器にしなさいと指導された。貧相さも一長一短、生かして戦っていくしかないと納得できるが、この場においては。他者に鑑賞物として晒すには貧相さなど欠点でしかない。

ライナスが私の衣服に手をかける。とっさに逃げようとしてしまった。

「リアン、怖いのか?」

「違う……違います、明かりを消してください。私は見栄えの悪い体をしていますし、奴隷時代の傷痕だらけなのです。きっとあなたを不快にさせます」

「見た目なんか気にしてんのか? 言ったじゃねえかよ、一目惚れだって。出会った瞬間から今までずっとその見た目も含めて惚れてんだよ。それに傷なんざ俺だって似たようなもんだしな。……他の野郎がつけた痕だと思うと確かに不快だが、お前が乗り越えてきた苦難の証だろ。誇れよ。どんだけ傷だらけになってもお前は今日まで生き延びて、コウキをロマネーシャから救い出した」

「……誇り……」

「強いよ、お前は。この俺を惚れさせただけのことはある。顔上げて胸を張れ、リアン」

誇り。自由や友、この地で多くを学んできた私はまた新しく一つ学ぶ。そして安堵する。ライナスはきっと何を見ても失望はしないでくれると。私は自ら上着の留め紐をほどいて服を着崩す。

彼に詰め寄られ、覆いかぶせられたままゆっくりと肌を晒してゆくが、露骨に肌を這う目の前の視線が恥ずかしい。薄明かりに晒される痩せた体。そのまま抱きしめられ、全身が素肌で密着する温かさに私は身震いした。

手の甲へのキスから始まった。そして額へのキス、頬にも、首筋にも、胸元にも、へその近くにまでライナスは順にマーキングでもするように口づけをしてゆく。最後に顔を上げて、お互いに自然に瞳を閉じ、最後は私から身を寄せた。静かに重なる唇はあっという間にそのまま深い口内への愛撫に変わってゆく。

貪るように巧みに舌を使って私を味わいながら、キスの合間に好きだと何度も何度も囁かれる。その熱い濡れた感触と繰り返す言葉に意識が溶けてゆく。私はその手管に容易く溺れ、気づけばライナスに全てを委ねるようにしがみついていた。

その間にも彼は攻めの手を止めない。後頭部を撫でたかと思うと獣耳をいじりだす指先、背筋をなぞってゆく掌。ぞくぞくと何かが何度も体を走る。これが快楽というものなのか。

また私は一つ新しいことを知ってゆく。ライナスと出会って、もういくつも新しい扉を開いて知らなかった世界を見た。

今、次の扉に手をかけている。その向こうには何があるのだろうか。

「んっ、あ……ライナス殿、キス……気持ちいい、これ、好きです……」

「ああ、ちくしょう。可愛いこと言ってくれるじゃねえか……。くそっ、煽った分の覚悟はしてんだろうな……」

まるでご褒美のように再びしっとりと唇が重なる。そしてついに下半身に手が触れる。ズボンの上から腰を撫でる。そのまま尻をなぞって太ももへ。じっくりと形を確かめられるように。そのくすぐったさと恥ずかしさのせいだろう、私はわずかに身もだえながら後ろに逃げようとしてしまうが、腰を抱き寄せられてしまう。自分でも分かる。己のモノはもう反応してしまっていて、下着の中が窮屈になってきている。まだそこを触られてもいないのに。

恥ずかしがる私を見てライナスは実に悪い顔で笑う。ぞくぞくする。この男は爽やかに笑むことも、豪快に笑い飛ばすことも上手だが、こうして悪人顔でわずかに牙を覗かせて笑うのが一番似合っている。

「隠すなよ、お前だけじゃねえよ。ほれ、俺だって」

ライナスに掴まれて導かれた私の手が彼の股間の上に押しつけられる。布越しに硬く張り詰める感触と熱。掌にずしりと重量感が伝わるような錯覚さえあった。……大きい。

「何かもう最近はお前と話してるだけで軽く勃ってたんだわ。おかげでいつも下半身が切ないのなんのって」

「えっ⁉　普段から、ですか」

「お前が可愛いせいだからな。俺が変態なんじゃなくてお前が悪いんだぞ」

「それは絶対に私は悪くないかと！　というか、可愛くはないでしょう……！　私は自分が何歳かも分からないんですよ⁉　下手したらあなたより年上の可能性だって」

「可愛いぞ、真面目なところも。強情なところも。芯の強いところも。お前を形作ってる全部が愛おしくて可愛くて堪んねえ。年上だからなんだってんだ。もし年上だとしたら、リアンの家系はよっぽど童顔の家系なんだな。……今日は可愛い声も聞かせてもらえそうだし、今から楽しみだ」

　そう宣言しながらズボンのベルトを外す男は、初めて見る顔をしていた。

　下半身の衣服までもが全てはぎとられる。ついに全身を晒してしまうと、やはりライナスの頑健な体軀との見栄えの差がはっきりと露になりみじめな気持ちになる。だがこの貧相な私が今からこの黄金色の獣に貪られるのだと思うと、言葉にならない興奮と期待があった。私を食らい尽くした獣は、満足をしてくれるだろうか。こんな被虐的な状況を心のどこかで歓喜している。私は、もしかすると知ってはいけない己の一面に気づいてしまった、のかもしれない。

　ライナスも全て脱ぎ捨て、改めて私を抱き寄せた。お互いに素肌だけになって、遮るものが何一つない状態で全身を重ねあわせる。体温も呼吸も、鼓動も溶けて混ざってゆく。

お互いの体の合間で反り返った性器がこすれ合う。否、わざと擦り付けられる。

「あ、あ、んっ、ライナス殿っ」

「すげぇ……触れてるだけでこんなに気持ちいいのかよ、何なんだよお前、本当にヤべぇ……」

「きもち、良い、ですか」

「割と本気で出そう。あり得ねえ、まだ始まってもねえってのに！」

ち、と舌打ちが聞こえた。

「リアン、こんだけ緊張してるってことは、お前あんまり経験ないだろ」

「一度も……」

「……そうか、ロマネーシャのやつら、獣人を薄汚ぇケモノとしか思ってねえからな。奴隷を慰み者にすらしねえってか。まあお前が余計辛い目に遭わずに済んで良かったがよ。経験ねぇんならなおさらゆっくり進めてやりたいとは思ってんだが……くそ、正直こうやって無駄口叩いて気をそらしてねえと暴走しそうなんだよ」

獰猛な低音の囁き。熱の籠もった吐息が耳を撫でる。自分の心臓が期待に騒ぐ。彼を見上げる。私は今、きっと、はしたない顔をしている。

「……ライナス殿……あなたは立派な方。将軍として務めを果たし、王や騎士の信頼を得て、部下に頼られ、民に愛され。剣技を極めた逞しい大きな体軀、日輪のごとき金の毛並み。どれも本当に見惚れてしまいます。……知れば知るほどに、まばゆい」

「急に褒めるなよ、照れるじゃねえか。まあ全部事実だが？」

「まばゆさの奥底が見えない人。……あなたの本気を見てみたい。あなたの全部を、私に見せつけていただけませんか？　薄汚い灰色の狼ですが、許されるならあなたの色に染められてみたいと今心から願っています」

「……お前、もしかして煽ってやがんのか」

「ええ、煽るというのが今の言葉に該当するのであれば。好きになった相手を底まで知りたいと思うのは、おかしいですか？」

ライナスは、笑った。荒獅子と呼ばれた凶悪さで。一匹の雄の顔で。

「ああ、構わねえよ。だがな、リアン。お前にも、何もかも晒してもらうぞ」

そこからは一切の遠慮をやめたのだろう、私がねだった通りに。いきなり首筋を嚙まれて思わず呼吸を止める。

動いたら食いちぎられる、そんな気さえした。刺さる痛みに私の体はなおさら昂る。そのままライナスは私の全身を味わうように舌を這わせ、甘嚙みを繰り返しながらひたすらに私を見ていた。逸らされぬ視線と捕食者の目。

舌先は念入りに胸の先端を狙った。普段は意識してもいないその先が、ざらついた舌にいじられた途端につんと立ち上がって存在を主張する。乳首をゆっくりと舐められ、優しく噛まれ、同時に反対側も指先で撫でられ、ついに私は背を反らして嬌声を上げた。

愛撫はどれだけ続いたのか。ほんの数分なのか何十分も続いたのか。私には気の遠くなるほどの時間に思えた。上擦った喘ぎを漏らしながら、ベッドシーツを乱しながら身もだえる。

そんな私を暴れさせまいと上から伸しかかってくる獣。組み敷かれた恰好のまま足を掴まれ強引に大きく広げられ、ついに全てを、性器の奥の秘所までをも晒け出す。

恥ずかしくて顔どころか全身が熱くなる。自分で嫌というほど分かっている、そこが、一番奥が期待にひくひくと震えているのを。

ライナスの指先が私の下の毛並みを撫でてゆく。すでに限界まで反って、濡れている私のモノが頼りなく震えている。

「……綺麗だ、リアン」

返す言葉など見つからず、首を振る。あまり見ないでと訴えたかったが、私がなんとか絞り出した声はただのすすり泣きだった。

しかし、ライナスはそんな私を見て実に満足そうにしていた。この男の性衝動には隠しきれない殺気が混ざっていた。元来そういう気質なのだろう。頼れるみんなの兄貴分、無害を装う獣のえげつない本性だ。

だが、……なんて甘美なのだろう！

　ついに後ろの穴まで暴かれ、何度も往復する彼の指でゆっくり開かれてゆく。ぬぷりと押し広げて入ってきては内壁をなぞって、優しく出入りする。

「ああっ、それ、ううっ……」

「痛いか？」

「背中ぞくぞくしてっ、怖い、ですっ、でも、好き……っ」

　もはや自分が何を口走っているのかも定かではなく、ただ涙だけが流れてゆく。やがて出入りする指は三本に増やされ、さらに奥まで広げられ、中をいじられ、足を限界まで開いた恰好のまま放心状態で必死にライナスにしがみつく。

　来る、と思った。もう次は挿入される。その覚悟をしつつ、私はいっそう強くその体を抱きしめたのだが、ライナスはその豪腕で容易く私を引き剝がした。

「え……っ、なん、で」

　そしてそのままうつ伏せに沈められ、腰を摑まれたかと思うと背後から一気に貫かれる。熱い、硬いそれがぐんと体内を押しあがり、搔き分けて奥を突き上げる。自分の引きつった悲鳴が聞こえる。全身がびくびくと痙攣している。しっかりと馴らされた。痛い、わけではない。

　ただ、自分は今この瞬間にこの雄に征服されたのだと本能的に思い知る。

　獣の交尾の姿勢のまま背後からライナスが私の体を抱きしめ、包み込む。ゆっくりと、獲物を味わうように。腹の奥のモノがいっそう強く反り返るのを感じ、その刺激だけで私は達した。爆ぜる快感と、飛び散る白い飛沫。ライナスがごくりと満足げに喉を鳴らす音が聞こえたが、振り返ってその顔を見る勇気はなかった。

当然のようにその姿勢のまま抜き差しが始まり、達したばかりの体を奥からいじられて私は泣きながら喘ぐ。けれどもライナスは平然と腰をぶつけ続け、中に出してきた。

終わった、と一安心したのも束の間、髪を撫でながら好きだと甘く囁く、ほんの少しの休息を終えると再びライナスは腰を揺らす。繋がったままだったそこが、再びぐんと持ち上がるように硬さを取り戻す。

二度目が始まる。待って、という私の声は嫌だという短い返事にかき消された。

当初私が望んだ通りに正面で抱き合いながら繋がったのは、背後から三度犯されたその後だった。俺は十分に満足したから今度はお前を満足させてやる、とばかりにちゃんと向かい合うように抱きしめ直し、キスを交えながら嬉しそうに囁く。

「リアン……次は顔見ながらしような」

その気持ちは嬉しかったが、すでに私は過ぎた快楽で頭が真っ白だった。頷くことも首を振ることも出来ないまま、四度目が始まった。

翌朝、起きて一番に謝られた。

「……体、大丈夫か？　悪かった、調子に乗った……完全に理性どっか行ってた」

「ライナス殿……いえ……本気で、と私が頼んだんです」

「水、持ってくる」

一晩中ほとんど鳴き続けた私の声があまりに掠れていたのだろう、部屋を出たライナスは茶のポットとカップのセットを持って戻ってきた。

温かいお茶が体に沁みる。ライナスは相変わらずベッドサイドで反省のポーズだった。

「きつかっただろ、俺に好き勝手されて。本当に悪かった」

「……大丈夫です。あの、そういえば、好きだと」

「ああ、好きだ、愛してる！　本当はあんな乱暴にする気はなかったんだ……」

「だからそれはもういいですと言っているではないですか。あいして……そうですね、私も。あなたが好き、です」

ライナスは顔を上げ、目を丸く見開いて何か言いたげに口を開く。

「……交際、しますか」

そして大きく頷きながら彼は私の両手を握るのだった。

五章

それは何げない日常に飛び込んできた突然の一報だった。

いつも通りに騎士団の詰め所にて騎士たちと仕事の話をしていると、焦った様子の文官が一人駆け込んできた。リンデン殿の部下であろう彼は周囲を窺い、そして声を潜めて私たちに語る。

「城の方で何かあったようだ。私も詳しいことは分からないが、『豊穣の御子』が医療室へ担ぎ込まれた。医者たちも騒いでいて国王陛下は何かに激怒している様子だったし、その、将軍殿は陛下によって懲罰房に放り込まれたようで……」

語る本人も何が何だかといった様子。とにかく何かが起きていて緊急事態の可能性がある、騎士団もいざとなったらすぐに動けるようにしておいてくれと言う。その不穏な一報に対して騎士たちは困惑しつつも冷静に努めようとしていたが、私は動揺のあまり机に積み重なっていた書類箱を倒してしまう。

舞い散る紙束。ライナスが投獄された？　コウキ様がお怪我を？

駆けだそうとした私を隣の騎士が引っ掴む。

「待て！　気持ちは分かるが落ち着け、リアン！　下手に首を突っ込むとまずいかもしれねえ！」

「ですが……っ、コウキ様が、ライナス殿が！」

騎士団が出動命令もなしに勝手に動くことは出来ない。ライナスが将軍として指揮権を預かっているだけで、騎士団は本質的には王の兵だ。王命によりライナスが投獄されたという話が事実ならば、騎士団はライナスを助けに行ける立場ではなくむしろその逆だ。勝手な真似は混乱を招く。下手をすれば反逆と見なされる。

しかしそれでもと私は叫ぶ。

「放してっ。行かせてください！　騎士団に迷惑はかけません!!」

「駄目だ、お前まで罪に問われることになるかもしれねえだろ！」

そこに他の騎士が割り込む。

「……行かせてやれ、リアンは正式な騎士じゃねえ、あくまでライナスさんの私的な秘書だ。ライナスさんのためだけに動ける立場だ。主に何かあったならむしろ動かなきゃなんねえだろ」

「だけどっ、俺たちの仲間だろうが！」

「リアンが賢いのは皆知ってるはずだ、無茶もしねえし、騒ぎを大きくもしねえよ。事態の確認に行くだけだ、そうだろ？」

そうとは言いきれなかったが、私は頷く。

「決して騎士団に迷惑をかける真似はしません、ですから」

「……ああもう、仕方ねえ、分かった、行ってこい！」


駆けつけた王城の中は確かにざわついていた。誰もがひそひそと声を潜めて話したりしているが、どうやら皆、何が起きたのか把握はしていない様子。

どうしたのだ、何があった、と漏れ聞こえてくる。私は周囲に聞き耳を立てながら王城地下の牢獄へと向かう。通常の犯罪者を収容する施設は別に存在する。城の地下に隠されたそこはバルデュロイ王家の目の届く範囲に置く必要のある特別な虜囚を隠すための場所。もしライナスが何らかの罪を犯したのならば、立場上そこに置かれるだろう。

地下牢の入り口にはもちろん牢屋番の騎士がいるが、私を見て事情を察し、密かに通してくれようとする。

「リアン、やっぱり来たのか。……頼むから騒ぎを起こさないでくれよ、お前まで捕縛したくない」

「分かっています、ありがとうございます」

小走りに進む薄暗い石造りの廊下の先、鉄格子の小部屋の一室にライナスは案外平然とした様子で座っていた。

「ライナス殿!!」

「リアンじゃねえか、俺を心配して来てくれた……わけじゃねえか。コウキの件で言いたいことがあって来たんだろ？　弁解はしねえよ」

「どういうことですか、事情が何も分からないのです！」

「なんだ、そういうことか」

ライナスは小さくため息をつくと、事の次第を話し始める。生命の大樹の傍、地上からは行けない高い場所に「波際の庭」という王家と関係者のみに開かれている小さな庭園があること。そこにはエドガー様の異母弟にあたるバイス様という狼の獣人が眠っていたということ。バイス様が眠りについた理由。大樹の奇跡により、バイス様は長い間、意識のないまま仮死状態を保ち続けていたということ。そして、バイス様とコウキ様の邂逅。

そこまで語られて私はすぐに察する。あの慈悲深いコウキ様のことだ、国家をも揺るがす激動の運命の渦中で自らこの世から去ることを選んでしまった若きバイス様を哀れみ、救いたいと願ったのだろう。

そしてコウキ様はご自身で嫌というほど知っている。嫌というほど……。自分の体液には実際に超常たる癒やしの力があることを。

続くライナスの言葉は私の予想と合致する。

「そんでコウキはバイスを目覚めさせようと、自ら血を捧げようとした。だが短剣をあんな素人丸出しの持ち方されちゃあ黙って見てられねえだろ。俺が代わった。つまるところ実際に俺がコウキの手首のあたりを切り裂いた」

予想していたとはいえ、その言葉に眩暈がする。コウキ様が血に染まる光景が脳裏に浮かぶ。

「結果、コウキは医療室送り、俺はこの通り。バイスも医療室に運ばれた。息を吹き返す可能性はあるらしい」

真相を全て話し終えると、牢屋にしばしの沈黙が落ちる。

「……俺は何度お前との約束を違えるんだろうな。コウキは守ると言っておいて、俺自身が……。もう何も言い訳はしねえ。リアン、俺に罰を下す気があるならエドガーに言っとけ。当然だがあいつブチ切れてたからな。実行してくれるだろうよ」

ライナスの態度は吹っ切れているようでも開き直っているようでもない。自分が故意にやったことを認め、その責任を負う覚悟はある。だがそれでも私との約束を破ることになったのには落ち込んでいる、そんな様子に見えた。衝撃的な事態であり、コウキ様への心配もわいたが、それでもライナスに対する怒りはわかない。

「ライナス殿。コウキ様の気質——特にその自己犠牲にも近い献身については、私はあなたよりもよく知っている自信があります。あの方はそんな経緯で眠りについた少年を見過ごせる方ではない。……きっとエドガー様とバイス様を再会させてあげたかったのでしょう。そして、私はあなたのことも知っています。あなたは、ここまでの騒ぎになるほどコウキ様を傷つけるようなことは絶対にしない。血液が……コウキ様の血液が癒やしの力を持つことは私もコウキ様も知っています。もし、少しの血液で駄目なのであれば、コウキ様ならたとえその手が失われようと自ら……そういうことですね？」

「お前は本当に賢いし鋭いな。そうだとしても俺が最初にコウキを連れ出し、傷つけそそのかしたことに変わりはない」

「確かに、それはそうかもしれません。ですが、その場で止めても後日隙を見て実行しに行きますよ、コウキ様は。縁もゆかりもない奴隷を見捨てなかったお方です、エドガー様の弟君を放置するわけがありません。遅かれ早かれコウキ様がバイス様の存在を知った時点でこうなることは必然だった。……ライナス殿、この件に関してあなたがここまでの罪に問われることはない」

「お前がそう思ってくれるだけで十分だよ。……ありがとな、エドガーにもお前にもキレられる覚悟はしていたが、実際そうなってみたらけっこうキツかった。お前が理解してくれて、心底ほっとしてるってのが正直なところだ」

「……敏いお方です、エドガー様も本当は分かっているのだと思います。ただ感情のぶつけどころがあなたしかなかった。あなたにならぶつけても大丈夫だと、誰よりも信頼しているがゆえの結果でしょう」

「どうだかなあ、あの神狼(しんろう)様はコウキのこととなると目の色が変わるからな」

「待っていてください、必ずなんとかします。騎士団の皆も心配していましたし」

「気持ちはありがたいが、あんま無茶すんなよ」

「どうにか王に直接話が出来ないか考えます。説得してきますから」

ライナスの表情は話し始めと比べてかなり前向きに見え、少し安堵(あんど)する。そして具体的にどうすべきか思案しつつ、私は牢の前をうろうろしていた。すると目を覚ましたコウキ様がエドガー様を説き伏せてくださったらしく、まもなくライナスは牢から解放された。

そして私とライナスはコウキ様に会いに行き、その無事を確かめて、やっと人心地ついたのだった。

波際の庭での事件はそれなりの騒動ではあったが、コウキ様も問題なく回復し、エドガー様とライナスの確執も収まった。バイス様も意識を取り戻したそうで、それについては私も喜ばしいと思った。

こうしてなんとか日常が戻り、今日は久しぶりの休日。ライナス曰(いわ)く、強引にでも休みをかぶせねえといつまで経(た)ってもデートの一つも出来ねえだろうが！

俺ら、付き合ってんだぞ？　恋人同士なんだぞ？

なのにあれ以来一切何もなしじゃねえかよ！　ってわけで明日はデートだからな、分

かったな⁉

……ということらしい。

そういえば付き合っていた。交際するとお互いに確認した。それを思い出すと同時にあの一夜の情事が思い出されてしまい、何だか体がそわそわしてしまう。

そうだ、私とライナスは今や恋人という関係だったのだ。

恋人……互いに恋愛感情を持っていて、互いを慈しみ合い、性的にも高め合える関係。

そういうものなのだろう、多分。未だに実感はわかないが、ライナスのことを考えて自室の姿見を覗くと、そこには何だか照れたようにしている私がいるので、きっと私は嬉しいのだ。「嬉しい」？　もしかすると「幸せ」か？

着ていく服を選ぼうとクローゼットを眺めつつ、そんなことを考える。恋人とのデートという体験は普通ならば若いうちに誰もが経験しているのだろうが、私は初めてだ。デートは上手く出来るだろうか。服はどれもこの屋敷に来てから与えられたもの。しっかりとした縫製の質の良い物ばかり。

シンプルなデザインで、どれを選んでもさほど代わり映えはしないのだが、白いシャツを選んだ。あの太陽のような獅子の横を歩くのだから、自分のくすんだ灰色の髪であれば服くらいはと思い、一番明るい色のシャツにしてみた。

最後に鞄に前日に買った箱をしまい込み、私は部屋を出る。

いつも通りの気取らぬ恰好（かっこう）、だがいつもより少し伊達男（だておとこ）を気取って髪をセットしてきたと自慢げに語るライナスは、確かに自慢できるほどの見栄えの良さ。きっと女性であればその姿にときめき、男性であれば憧（あこが）れる。こんな男がどうして私を選んだのかと未だに不思議に思うが、卑屈にはならぬようにと心がける。ライナスは私を愛していると言ってくれた。

私はそれを信じた。ならばもう揺らぐ必要はない。

＊　＊　＊

デートは街の散策から始まり、王都バレルナの南端にある隠れ家的なレストランで食事を楽しみ、二人の時間をゆったりと過ごす。

ライナスはたくさん話をしてくれた。自分についてもっと知って欲しいと。

幼いエドガー様と共に過ごした子供の頃の話。

王家の改革が始まり、母親も没し、周りの何もかもが変わってしまった話。

その中で『豊穣の御子』と出会えぬままの神狼は、次第にその心を闇（やみ）へと染めてゆき、『血染めの狼王』とまで呼ばれるようになってしまったという。

「エドガーがどうなろうと、俺は幼なじみとして親友として、傍に寄り添い続けようと思ったんだ。あいつがやりすぎた時には出来る限り諫めようとも思った。結局ろくに諫めることも出来ずに、気づけば俺自身にも『豪嵐の荒獅子』なんて凶暴そうなあだ名がついちまってた」

「確かに、ロマネーシャの兵にお二方の二つ名を知らぬ者はいませんでしたね」

「さぞ憎々しげに語られてたんだろうよ。で、そんな日々の中で、ロマネーシャに召喚された救国の聖女は、バルデュロイにおける豊穣の御子なのであろうって推察のもとにコウキの捜索が始まった」

「そうして私たちは出会ったわけですね」

「本当、エドガーの運命の相手を探してたら俺の運命の相手が飛び出してくるんだから、人生ってのは何が起きるか分かんねえよな」

「運命……」

「いやあ、見た瞬間に脳天からつま先までビビッと来たもんだ。一目で気に入った相手はいくらでもいたが、一目で惚れた相手はお前だけだよ。つうか、俺が真面目に他人に惚れたこと自体、お前が初めてでお前だけ。リアンも俺を見て胸がキュンキュンしただろ？」

「いえ別に。そういう状況でもありませんでしたし」

「お前らしいそういう冷淡な物言いも嫌いじゃないが、ちょっとはキュンキュンしろよ」

「……今は少し」

「えっ⁉　マジか、ええっ⁉　もう一回！　聞き間違いだといけねえからもう一回言ってくれ！」

「今は、あなたを見ると、少しキュンって、します……多分」

素直にそう答えると、ライナスは急にテーブルに突っ伏し、何か呟き始める。

「あああ……もう今日を祝日にしろ……！　リアンのデレ記念日……毎年この日を盛大に祝うべきだろ……っ‼」

そんな奇怪な祝日を作られては困る。

午後は王都の少し外まで出て西へ向かい、西方の大森林を背にした湿原地帯へと案内された。そこは清流に揺れる水草と野の花が織りなす雄大な自然が美しい場所だったが、不思議と人影がなく、通路も端の方に最低限の細い足場板が通されているだけ。

私たちがその湿原を見渡せる小高い丘に座る頃、鳥の群れが渡る空は端から端まで全て夕暮れの茜色に染まっていた。

その濃密な暖色を湿原がきらきらと乱反射させ、絶景が視界いっぱいに広がった。

「綺麗、です……」

「ああ。しかも静かでいいだろ」

「誰もいませんね。これほどの景色なのですから観光に訪れる人がいてもおかしくはないのに」

「王家管轄で、一般人は立ち入り禁止区域だ。ここへ入れる道はさっき通ってきた一本しかねえし、そこに検問所があっただろ？」

確かにあった。騎士が詰めている小さな建物が。ライナスが軽く挨拶をして普通に通過していたので検問所だと気づかなかった。

「どうして立ち入り禁止に？」

「完全に陽が落ちれば分かる。そういうわけだから、それまではイイことしてようぜ？」

ライナスはにやりといつもの笑みを浮かべて私に詰め寄る。強く抱き寄せられ、また胸の奥が小さく跳ねる。正直、デートだと言われて私もそれを期待しなかったわけではない。だが、屋外というのはさすがに気が引ける。

「ちょっと待ってください！　外でなんて……」

「いいだろ、遥か彼方まで無人、誰もいねえんだから。なんなら宿屋の方がむしろ恥ずかしいだろ、両隣の部屋に声が丸聞こえだぞ？」

「え……ええっ!?　嘘っ、私、そんなに大きな声が出て……!?」

「まあこのあいだのところはそういう目的の宿屋だ、だから気にすんな」

なかなか大きな声だったと言外に告げられてショックだった。次回は自制しようと心がけるが、あの状況の中でそれがかなうかは、正直怪しい。

「……とにかく、待ってください！　その、先にやってみたいことがありまして」

「やってみたい？」

これを、と私は鞄から箱を出す。中身は新品のブラシだ。猫科の獣人の騎士たちに聞き取り調査をして、最も使い心地の評判が良い物を探して買ってきたものだ。

「あなたにブラッシングをしようかと思って」

「へ？　俺にしてくれるってのか」

「先日、初めて給料をいただきました。あなたの秘書としての仕事に対してカザーリア家から出た給金ですので、元を糺せばあなたのお金のような気もするのですが、とにかく初めて自分で稼ぐことが出来ました。ですのでここまで導いてくれたあなたにそのお礼をしたかったのです」

そう告げると、夕日の色に染まった獅子は、その大きな体で私を包み込むように抱きしめてきた。そしてライナスは深く頷き、ありがとうなと絞り出すように囁く。

お礼の気持ちを形にしたい、そう思い立って相談をしに行った相手は私の初めての「友人」。コウキ様は嬉しそうに頷きながら、ブラッシングはどうですかと提案してくれたのだった。どうやらエドガー様もコウキ様とのブラッシングの時間を何より楽しみにしているようだし、獣人の間では一般的な親愛の表現の一つなのだろう。

ライナスはさっそく始めてくれとばかりに、私の目の前でぐんと大きく伸びをしてその姿を変じさせた。全身の金色の毛並みを輝かせながら完全な獅子の姿へと変わる光景に私は釘付けになる。獣人はこうして獣の姿になれるのが当たり前、誰に教わらずとも本能的にやり方は分かっているはずなのだが、奴隷の首輪にそれを封じられていた私は未だに変じる方法を知らない。

初めてのブラッシングは、まあ、なんとか形になっていたと思う。良いブラシを調査するのに必死で肝心のブラッシングのやり方については学び忘れていたので、なんとなく直感でやってみた。上手くはなかったのだろうが、流れに添って金色の毛皮を撫でるといっそう美しく艶めくのには私もつい夢中になる。無防備に腹を晒すライナスは大きな体でごろごろと猫らしいご機嫌な声を聴かせてくれた。体躯に比例してかゴロゴロ音もなかなか大きく、面白かった。

「気持ちいいですか？」

『俺の手入れは屋敷の侍女でも誰でも、頼めばやってくれるし頼まなくてもやられるんだが、こうも気持ちいいのは久しぶりだ。うっかり寝そうになっちまう』

「久しぶり、ということは過去にも上手に梳いてくれた人がいたのですか」

『お袋だ。俺とエドガーをよくこうしてブラシで撫でてくれたたな』

もうこの世にいない母親との思い出を語るその声色は少し懐かしさに浸るようだった。

そうしているうちに完全に日が暮れる。湿原地帯は星と月のささやかな明かりをわずかに反射させるだけになり、あたりには闇が満ちる。獅子の姿のままま私に寄り添うライナスが、見ていろと湿原の方を鼻先で示す。

水面が揺れ、ゆっくりと湿地そのものが盛り上がる。だが、その中で何か大きなものが蠢いている。

「……何ですかあれは……！」

『静かにしてな。大丈夫、刺激しなけりゃ問題ねえんだ、あいつは』

水草を掻き分けて現れたのは大きな黒い影。湖面を裂いてぐんと伸び、夜空を仰ぐそれは闇色の鱗に包まれたあまりに大きく太い蛇……いや、小さな手が生えている。

水棲のトカゲなのか？　その大きさは途方もない。

『あの蛇もどきは魔獣の一種だ。陽があるうちは水中にいる。夜になると溜め込んだ魔力を放出しにああやって出てくる』

ライナスがそう解説した途端、蛇に似た魔獣はあくびをするように大きく口を開け、身をくねらせた。黒い鱗が波立ち、まるで天に向かって宝石をばらまいたように全身から光の粒が弾けた。光の雨が湿地帯に降り注ぐ。あれが魔力なのか。

数分間をかけて蛇の魔獣は光の雨を三度ほど降らせると、満足したかのように再び湿地に頭を突っ込み、ずぶずぶと沈んで姿を消してしまった。後には静寂と闇だけが残り、その予想もしなかった光景に私はぽかんと口を開けていた。

『湿地の底は地下水脈に繋がってるみたいでな。その奥に棲んでるらしいぞ』

「あんなとんでもないものが棲み着いているので、ここは立ち入り禁止だったのですね」

『そうそう。昔、あれを狩ろうとしたアホ狩猟者どもがいてな』

「あんな大きなものをですか⁉」

『当然、攻撃された蛇もどきが暴れだして、アホどもは死ぬわ、蛇もどきを大人しくさせようと奮闘した騎士たちにも怪我人が続出するわの大惨事だ。つうわけで今は立ち入り禁止。でも花火みたいで綺麗だったし面白かっただろ？』

「ええ……驚きました」

『多分自然の恵みや仕組みの一部なんだろうな、あれは。さて、蛇もどきのショーも終わったことだし、街まで戻るか。帰る先は家じゃなくて宿だけどな？』

人間ではない獅子の顔でも不敵に笑う。器用な獣だと感心する。

「宿は……その、声が……」

『じゃあここでするか？　夜風と星明かりの下ってのも悪くないだろ？』

二者択一。どのみち私は今からはしたない声を上げることになるのだろう。ならば今日はここで、という気持ちを込めて、獅子の鼻先にキスをする。

良い子だ、と低く呟く声が聞こえた。

その日、ライナスから与えられた仕事の指示にどことなく違和感を覚えた。騎士団による市内と王都バレルナ外周の見回りに同行してくれと言われたのだが、いつもは俺についてこいという指示か詰め所での事務作業の指示が多い。そして、あとはちょっとしたお使いばかりなので、他の者と丸一日外回りに行ってこいと言われるのは珍しかった。なんとなく、これから詰め所内で私に聞かれたくない会議をするのではないかと直感で分かってしまう。

実際私は騎士団所属ではない部外者なので、聞かせるわけにはいかない情報があってもおかしくはないが、ライナスの性格上そういうことなら正直に、内密な話をしなければならないからお前は半休でも取って自由時間にしていろ、と告げてくる気がする。あの人は私に何を隠そうとしているのだろう。

そんなもやもやとした気持ちを抱えたまま見回りに同行。街はいつも通りの様相で異常なし。よく私に仕事を教えてくれている若い垂れ耳の犬の騎士が平和な景色を眺めながら横を歩く。

「しかし大概の仕事は一人で出来るようになったし、こうやって見回りをするのも板についてきたなあ、リアンももう立派に騎士団の一員みたいなもんだよな」

「そう思っていただけるのは嬉しいですが、部外者です」

「ライナスさんが推薦してくれりゃあすぐにでも正式所属出来るのにな。なんでそうしないんだろうな?」

「きっと私が自分の生き方を探している途中なので、道を強制しないように自由な立場にしてくれているのでしょう。それにもし私が騎士としての道を選ぶのであれば、きちんと一般募集からの選抜試験を経ての入団を目指します。ライナス殿との個人的な繋がりを利用する気はありません」

「いや、裏口入団しろとは言ってないからな? 推薦ってのは、良い人材のスカウトだよ。リアンは仕事の覚えも早いし、剣だって習えば上手くなれるって」

剣は暇さえあれば屋敷でノイン先生が見てくれているので上達してきている……のかどうか、よく分からない。覚えが良いしセンスもあると褒めてもらってはいる。しかし稽古(けいこ)の最後にはいつも疲労で倒れるまで試合をするが、未だに先生に剣先を掠(かす)らせることすら出来ていない。通算で数百連敗している気がする。

「今は国外駐屯地に出張中だけど、騎士団の武術教官のトップにフェイン指導長ってお方がいてさ、ライナスさんやエドガー国王を育てた剣の達人なんだぜ。ここが地獄なのか現世なのか分かんなくなるくらいの頭イカれそうな訓練をやらせてくる人だけど、その分乗り越えれば確実に実力は伸びてるのを感じるから、帰ってきたらリアンも武術訓練に参加するといいよ」

　そうですね、と私は頷く。どこにでも似たような強烈な指導者が存在するのだな、ノインとフェイン、何だか名前まで似ているしと考えながら。

　すると私たちの雑談を後ろで聞いていたらしいベテランの騎士が、半笑いで口を挟んでくる。

「将軍殿がリアンを正式入団させない理由はそれじゃあねえだろうさ」

「……実力か、信用が足りないと？」

「いやいや見当違いすぎるだろその回答は。そうじゃなくてな、俺ら騎士団は将軍殿の部下ではあるがあくまで王の兵だ。王命により王の手足となって働き、国と民を守るために存在している。将軍殿は王の意思を汲んで現場で騎士団を動かす実行役でしかない」

「それは存じておりますが」

「だからだよ。職務上とはいえ、将軍殿はリアンを他の男のものにはしたくないのさ」

「……は？」

「ああ。なるほどなあ、そういうことか」

　そう言って垂れ耳の騎士が笑う。

　他の男のものに……？　まさか私は、ライナスのものだと周囲に認識されている⁉

「あの！　それは、ど、どういう意味で！」

「どうもこうも、お前さんと将軍殿、付き合ってるだろ？」

　ベテラン騎士はしれっと告げる。垂れ耳騎士もうんうんと頷いている。

「ライナス殿が皆にしゃべったのですか⁉」

「いや、言われんでも見てりゃ分かるだろ。お前さんはときどき将軍殿にぽーっと見惚れてるし、将軍殿の方はいっつもお前さんを見つめてデレデレだ。あの人の悪い癖も今はなぜかめっきり収まってるって噂だしな」

　悪い癖というのは浮ついた話が多い男だという件だろう。お前だけだと言ってくれたが、本当に今は私以外を口説いてはいないのか。驚く私の横で垂れ耳の騎士がなんだか楽しそうに言う。

「飲み屋街のおねえさん方が『最近はライナス様が遊んでくれなくてつまんなーい』ってボヤいてたな」

「将軍殿は身分も高けりゃ金もあるし男前、なのに相手を選ばず来る者拒まず。そりゃあ人気者さ。けど誰に対しても真剣じゃあなかったしそれを隠そうともしないからな。そのせいもあってその存在がもはや『皆の彼氏』みたいな共有物的な概念と化してたんだが、今後はリアンが独占か。いやあ、あのお方が落ち着いてくれて良かったさ」

　ライナスの真剣さが見える振る舞いも、交際をそっと見守ってくれていたらしい周囲からの温かい対応も嬉しくはあったのだが、嬉しさを上回る恥ずかしさで私の顔は真っ赤だったろうし、灰色の尻尾はせわしなくぶんぶんと揺れ続けていた。

見回りも終わりかけた夕方頃、私はベテラン騎士に尋ねてみる。今日はあからさまに詰め所を追い出された。ライナス殿は私に隠し事をしようとしているでしょう、と。するとベテラン騎士は困ったように視線をそらし、一度頭を掻いてから返答する。

「ああ、なんだ、やっぱり気づいていたか」

「根拠はなかったので今のはかまをかけました」

「おっと、しまった、乗せられたか。まあ今日の会議はお前さんが聞いていて気分の良い内容じゃないってことさ」

「騎士団の任務についての方針か作戦会議なのでしょう？　私が不快になる内容……もしやロマネーシャ関係ですか」

「そういうこと。ロマネーシャへの戦後の片づけ部隊の派遣と視察関連だな。将軍殿は当然だがお前さんを連れてはいかねえし、その国名を聞かせることもあまりしたくないんだろうよ」

やはりか、と胸の中で呟いた。

ベテラン騎士がああもあっさりと真相を話したのはどのみち隠しきれないと察していた

からだろう。私も聞かなかったことにして留守番をするのが無難な選択。ライナスもそれを望んでいる。

しかしここは引き下がれない。むしろ私は待っていた。己の人生をことごとく奪い去ったあの国とは一体何だったのか、それを己の目で知る機会を。

その日は騎士団だけでなく政（まつりごと）などを行う他の部門も含めた大きな会議が夜遅くまで行われたらしく、ライナスは屋敷に戻らなかった。結局私は翌日の昼過ぎに王宮の広間でライナスを捕まえる。真剣な顔をした私を見て、彼はやっぱり来たなと言いたげな視線を寄（よ）越（こ）してきた。

「随分とお忙しそうになさっている。急に外泊をするなら使いの者を送って欲しいといつも言っているのに、と屋敷の侍女が困っていましたよ」

「すまんすまん、つい忘れる。お前のこともほったらかしで悪かった」

「国外視察の下準備、あちらこちらとの連携で大変なのは知っています」

「ちっ、やっぱ視察の件、もうバレてんじゃねえかよ」

「では私の頼みごとについてもお分かりですね？」

「連れていけって言うんだろ。駄目だ。これは雇い主としての命令だ、良い子で留守番をしていてくれ。そうだ、今から昼飯行くんだがお前も来いよ、大通り沿いに新しく出来た店が……」

「ライナス殿、ごまかさないでいただきたい。私はロマネーシャの地で何か妙なことをする気はありません、いつも通りあなたの横で秘書として記録などの仕事をするだけです。現地では命令に従います。……迷惑はかけません、仕事のついでに、己が囚われていた檻とは何だったのかを見に行きたいだけなのです」

「見てどうする。嫌なことを思い出すだけだ。向こうの現地民にはバルデュロイの獣人を敵視しているやつもまだ大勢いる、不快な思いをさせられるかもしれねえし、危険な目に遭うかもしれねえ。わざわざ行く必要なんざねえだろ。コウキとの思い出以外、全部忘れちまえ。もうお前を閉じ込めていた檻はないんだ」

その優しさと庇護の思いを受け取ることは出来ない。私は首を振る。

「忘れられません。奴隷であった日々、それもまた今の私を形作っている要素の一つです。なかったことには出来ません。確かに、未だ痛む傷です。ですので自分で傷を舐めたい。傷の全容が分からなければそれすら出来ない。ただそれだけのこと」

「……梃子でも動かねえって顔だな。強情な奴だ。知ってたけどな」

私とライナスの言い争いは最初は少し潜めた声だったが、今や互いにぶつけ合うように声量を増している。ここは多くの者が通行する王宮内、通りかかる騎士や侍従、侍女たちが何事かと密かに私たちの様子を窺っている。これ以上ここで問答を続けるわけにもいくまい。

私が一度引き下がる形でその場を去ろうとすると、

「お前のことが心配なんだ。頼むから理解してくれ……。後で頼みを聞いてやれなかった埋め合わせはしてやるから」

そうライナスは私の背中へと言葉をかけた。

＊　＊　＊

騎士団詰め所に戻り、私は先日一緒に見回りをした垂れ耳の犬の騎士に尋ねる。ライナスに少し無理な頼みごとを通したいのだが、何かいい方法はないかと。

「私のことを強情だと言ってきましたが、あの方も大概です。どうにか機嫌を取る方法があればいいのですが……」

例えば酒に美食に流行(はや)り物。好きな物はたくさんある様子のライナスだが、何かプレントしたところで喜んではくれそうだが意志は曲げてはくれなさそうだ。どうしたものかと私よりも付き合いの長そうな騎士に尋ねてみたのだ。すると彼はすぐに詰め所内の物置をごそごそと探り出し、平べったい紙箱を出してきた。

「これは前回の新人騎士入団祝い会の二次会で使われた衣装だ。使え。リアンが使えば、一発だ」

箱を開けると中には黒と白の布で出来た衣装が畳まれて収められていた。城や屋敷で見慣れたリボンとフリルの使われた意匠。メイド服だった。私はきっと冷え切った真顔をしていただろう。

まさかこれを着て可愛らしくねだれということなのか。正気か。コウキ様のような可愛らしい方ならともかく、目つきの悪いこの容姿の私が着ても不気味なだけではないか。

メイド服を持ち上げてみる。布が……少なかった。かろうじて胸元と腰回りを覆う程度しかない布面積の黒いスカートと白のエプロンドレス。着れば腹や脚がほぼ丸出しになるのは確実。もはやメイド服とも呼べない常識の外側の異物だった。

「これは……何、ですか……」

「メイド服風の水着だ」

「……ライナス殿は本当にこれを好んで……？」

「大ウケだった。飲み比べ大会で負けた罰ゲームでそれ着た俺を見て大爆笑してた。ヤベえマジ死ぬ、とか言いながら涙目で床を転げ回ってた」

嫌な会ですね。そんな本音が思わず口から出そうになる。

「別に私はあの人を笑わせたいわけではないのですが……」

「大丈夫だ心配ない。俺では笑わせる結果になったが、リアン、お前ならやれる……！」

垂れ耳騎士は勝算あり、とでも言いたそうな自信に溢れた顔をして私に箱を押しつけてきた。どういう意味だ。

その後、他の騎士にも聞き込みをしたが、結局この変な水着以外に有効活用できそうなアイデアを得られなかった私は勤務終了と同時にその紙箱を小脇に抱えてとぼとぼと屋敷に戻った。

いつも通りのノイン先生との剣術訓練をこなし、夕食をとり、風呂を終えての自室。

私は意を決してその水着を着てみる。どう考えても恥という単語しか浮かばないのだが、これでライナスが大笑いして楽しんでくれたら、余興を提供した代わりに頼みを聞けと押せる……のかもしれない。

恥ずかしいとはいえ、ライナスの前ではすでにもっと恥ずかしい姿を見せてあられもない行為をしたではないか。この程度、もはやなんということはない！

着替えた姿を恐る恐る姿見で確認。……これは、私か？　え？　誰これ？　頭が現実を拒絶する。ここはどこ、わたしはだれ……？

「……リアン、起きてるか？」

控えめなノックの音。夜遅く、屋敷に戻ってきたライナスがドア越しに声をかけてきた。放心していたが我に返り、とっさに返事をする。

「ライナス殿！」

「入るぞ？」

「だ、駄目っ!!　駄目です!!」

とんでもない姿なのだから駄目に決まっている。

ドアの向こうから低い声色が続く。

「そっ……そうか、昼間の件。連れていかねえと言ったこと、まだ怒ってるのか」

「それはその、そうなのですが、そうではなくて！」

「俺はただお前が心配だし、とにかくこれまでさんざん苦労してきたお前にはもう嫌な思いをさせたくないんだ。分かってくれ」

ライナスの気持ちは分かっている。嬉しくも思う。だが私は痛みを乗り越えねばならない。知りたいのだ。行くしかないのだと伝えるしかない。もう覚悟を決める。ドアを、開ける。

「……ラ、ライナス殿」

私の胸元で細いリボンタイが、レース付きの襟が揺れる。腰元で黒いミニスカートと三段フリルのエプロンがひらりと翻る。風通しの良いへそと両脚が落ち着かない。

ライナスが一瞬にして見事に固まる。彫像のごとく。……まずい、ウケなかったのか？　ここまでしたのに？　これで笑われもせずに病院にでも連れていかれたら、死んだ方がマシなのではなかろうか？

しかしライナスは真顔のまま私にずんと詰め寄り、苦しいほどにきつく抱きしめてきた。その腕の中では身じろぎすら出来ない。そして私の下腹部をごりごりと押し上げる熱く硬い感触は、紛れもなく張り詰めた彼のズボンの中身。耳元を撫でた獣の威嚇のような鋭い吐息。

「人が真面目な話をしに来てんのに、お前は……っ！　どっから持ち出してきたんだそんなもん！」

「詰め所の物置、ですが」

「ああ!!　あれか！　思い出した……っ！　チクショウ、こんなアホみてえな服なのにお前が着るとなんでそんな可愛いんだよ!?　しかも滅茶苦茶エロいしよ！　どうかしてんだろ!!」

「あのっ、妙な恰好で申し訳ありません、これには理由が……」

「うるせえ黙れ、まずは一回……三回ヤらせろ。話はそれからだ」

増やされた!?　そしてベッドへ直行とばかりに強引に抱き上げられてしまうが、ライナスに比べれば明らかに非力な私が本気の彼に抵抗出来るわけもなく、そのままベッドに放り投げられ、貪られる結果になるのだった。

普段のライナスとは違う、いや違わないのかもしれないけどどこか違う。異常に興奮したその様子に私は少し恐ろしくなる。

まずは、その大きな口で私の口をふさがれる。厚く長い舌が容赦なく私の舌の付け根ま

で絡みつき、まさに蹂躙。

そして首筋に噛みつかれ、その次は私の平たい胸、そして足へとライナスの歯形が次々とつけられていく。もちろん甘噛みだがうっすらと血がにじんでいる。痛い、だけど気持ちがいい……。そんな相反する感覚の中で私は完全にライナスの獲物になっていた。

普段であれば服をすぐにはぎとられてしまうのに、今日はなぜか服に手はつけられない。そのまま、私の後ろへと舌を伸ばし、そこも容赦なく責められる。

「ライナス……殿。そんな汚い……」

「うるせー！　お前が煽るのが悪いんじゃねぇか!!　それにお前に汚いところなんて一つもねぇんだよ!!　分かったか!!」

そんな無茶なと言いながらも十分ほぐされた後孔へと普段よりさらに熱を持ったライナスの灼熱があてられた。と思った瞬間に最奥まで貫かれる。

声を出す余裕すらなかった。私はその衝撃と快楽で蜜を吐き出してしまう。

だけど、まだ終わらない。ライナスは激しく腰を動かし私の中をまさに征服しようとしているようにすら思える。

そして、私の中へとライナスから熱い灼熱が注がれた。

これで終わり……ではなかった。一度自身を私の中から抜いたライナスは再び私の体を弄ぶ。それは、まさに弄ぶと呼ぶにふさわしい扱いだった。

最中、私は屋敷の皆に悟られてはいけないと必死に声を噛み殺す。声を抑えると代わりに涙がこぼれた。

そんな私の様子を見てライナスは実に楽しそうで、凶悪な顔を見せた。牙を剝き出しにして自分の獲物を好きにいたぶる悦びに浸っているように見えた。

せめてこのおかしな服は脱がせてくれと必死に懇願したのに無視され、片足を担ぎ上げられ、股の部分だけ布をくいっとずらされて、再度そのまま挿入された時には私はもう半ば本気で泣いていたような気がする。

明け方近く、ベッドの中で私を抱きかかえたままのライナスは静かに話を始める。

「ロマネーシャ視察の件なんだが、実はな、連れていかないと言った理由については分かって欲しかったたし、実際俺は連れていく気もなかった。だが、なんか急にエドガーから連れていく許可が出ちまってよ」

「……は？」

「世間を見せたいなら清も濁も、だとよ。俺らが言い争いをしてたのをコウキも見てたらしくて、コウキがエドガーにリアンの要求を聞いてあげて欲しいと頼んだらしいぞ」

「え……？」

コウキ様が？　では私は何のためにこの恰好を……？

「それを言いに、来たんですか」

「おう。そしたらお前がすげえエロ可愛い恰好で出てくるもんだから話が出来なかった」

「そっそういうことは!!　先に……、先に言ってくださいっ!!」

思わず手が出た。布団の中でライナスの腹を思いっきり殴ってしまった。ぐお、とわざとらしく痛がってみせるがライナスは半笑い。剣術だけでなく体術もノイン先生に教わらねば、と私は密かに闘志を燃やすのだった。

同時に先生に言われたことを思い出す。私ではライナスより強くはなれないが、彼を油断させて危害を加えることは出来るというあの言葉。

確かに私の拳は容易く届いた。今もし私がナイフの一本でも隠し持っていればそれをそのまま腹に突き立てることも出来たのだろう。暗殺すら難しいほどの警戒心と武技を持っているというこの獅子が、私の前では本当に気を許している。

私を心から信頼してくれている。その事実がじわりと胸に沁みる。

強くなりたい。心も体も。そしてあなたの役に立ちたい。

……守られるだけではない。私もあなたを守りたいのだ。

六章

森を抜け、朝焼けの中を駆けていく馬車の一団。ロマネーシャへの視察は予定通りに出発となり、ライナスと私を含む先行隊は馬車内で朝食のパンをかじりつつ進む。それなりに長い道程の間、装備を確認したり、仮眠を取ったり、現地での予定の再確認をしたり。

ライナスは私を心配していた。ロマネーシャの景色を見ていて辛くなったらすぐに言え、と優しく頭を撫でてくれた。ありがとうと言いたかったのだが、子供扱いをなさらないでください、と素直ではない言葉が出てしまった。

そして現地に到着する。見慣れた景色が見慣れない形で次々に私の前に現れる。開け放たれた民家、がらんどうの商品棚を晒す商店に屋台。ロマネーシャ国教自慢の、奴隷を酷使して整備した美しい街並みと穀倉地帯は戦争によって荒れ果てていた。建物は大方無事に残っているが、そこかしこに火災の跡や略奪があった様子が窺える。ときおり、現地の民が物陰から馬車を睨んでいる。

思ったより私の感情は動かなかった。自分を虐げた国の末路に対してざまあみろという思いも浮かばなかったし、こうして壊れたものを見ても物悲しい、という同情はわいてこなかった。ただ、終わったのだな、というぼんやりとした納得感があった。

「……大丈夫か、リアン」

「ええ。辛くはないのですが、妙な気分です。でも心のつかえは少し取れました。来てよかったのだと思います」

馬車の外から数人の民による叫びが聞こえる。

失せろ侵略者どもめ、神は獣どもの蛮行に必ず裁きを下す、という声とともに石が飛んでくる。

馬車の幌の上からかつんと軽い音が聞こえた。騎士たちはわずかにざわつくが、ライナスは飄々とした態度のままだった。

「神、ねえ。いや、あいつらの言う神ってのは聖女のことか？　信仰は自由だが、見たことも会ったこともねえものをよく後生大事に信じてられるな。しかも聖女信仰なんていう実に為政者に都合の良い信仰をだ。まぁ、聖女は実際に豊穣の御子として存在してるわけだが……。だからこそ俺が超常の存在として信じられるのは実在してる神狼と豊穣の御子と生命の大樹だけだな」

「聖女を遣わす神が全能にして絶対、そういう教えの国です。人間も奴隷の獣人も幼少期からそう教育されます」

「信仰が自由じゃねえのな、実質強制かよ。やっぱ俺は実在してるやつらを信じておこう。特に御子様のご利益は最高だ、俺とお前を出会わせてくれた」

私はその言い分に小さく頷く。

視察は大きなトラブルもなく予定通りに進んでゆく。確かにバルデュロイに敵意を隠さぬ住民もいたが、終戦直後から民に対して救援物資を配っている騎士団に対して感謝の様子を見せている者もいた。かつて私は全ての人間を恐ろしいと思っていたが、コウキ様という良い人間がいたように、やはり人間もいろいろなのだと再認識する。

そして無人となった形骸の大聖堂を見上げる。そこにはもう乾いた風の音しかない。私が囚われていた鋼の檻は、ロマネーシャ聖教の絶対的権威と深い闇は、確かにもうなかった。

それをこの目で確認しつつ、これまでの苦労を噛みしめる。

やっと私は解き放たれたのだ。

そう、思っていた。後続隊として現地に到着したばかりのコウキ様が消えたという一報が入るまでは。

緊張感を保ちつつも問題なく進んでいた視察の任務。その最中に一人の騎士が強張った表情で駆け込んできてライナスに何か耳打ちする。その瞬間、獣が警戒心を露にするように金の髪をざわりと揺らめかせ、わずかに歪んだ口元からはどういうことだと低いうめきが漏れた。

そして騎士に一言何か言いつけ、ライナスは来た方向へと戻るように駆けだす。明らかに尋常な様子ではない。向こうで何か緊急事態が起きているのかと私も後を追おうとしたのだが、伝令に来た騎士がすかさず目の前に立ちはだかる。

「リアンさん、あなたはここで待機だと、ライナス将軍の指示です！」

「何があったのですか！」

「お答えできません！」

現時点において内密な伝令。ただ事ではない。嫌な予感がする。

「私は騎士団の人間ではありません、騎士の命令を聞かねばならぬ道理はない。通ります！」

「ライナス将軍の命令です！」

「私は直接聞いていません！」

騎士の制止を振り切り、駆ける。私の動きに騎士はあっけにとられているようだった。もとより素早い狼族、そして今はこの身にノイン先生の教えが宿っている。

ライナスの背は市街地中心部を目指して消えた。そちらには後続隊が来ているはず。エドガー様に何かあったのか。かの王が来ているのならばコウキ様も来ているかもしれない、まさかコウキ様の身に危険が及んでいるのか……！

不安で心臓が跳ねる。冷や汗がこめかみを垂れてゆく。その時、足元……いや、もっと下、地面の下から妙な気配と振動があった。驚きに私は一瞬立ちすくむ。

異音は途端に大きく低く響き渡り、地鳴りとなってロマネーシャの街を揺さぶる。地震？　いや違う、これは何だ⁉

石畳の舗装道路を割って地の底から現れたのは生きているようにうねる巨大な茶色の物体。それが植物の根であると気づくのにしばらくかかった。そこから幹が立ち上がり枝葉が伸び、禍々（まがまが）しくねじれてよどんだ緑があっという間に景色を侵食する。それは、傾きかけていた陽（ひ）を遮り、枝の先には虚（うつ）ろに乾いた砂の塊のような白い実がつき始めた。

周囲はまるで何百年も前から森であったかのような光景に変わり、この事態に面食らった私は周囲をおろおろと見回しつつ後ずさり、背後にあった木の根に足を引っかけて転んだ。地面についた手には小さな棘（とげ）が刺さった。

「コウキ様……なのですか……⁉」

この世界には魔法があり、私が知らないとんでもない魔法というものも存在するのだろうが、それでもこんな事態を引き起こせる人物はコウキ様以外に思い当たらない。豊穣の御子。緑を祝福するその性質が顕現した結果なのか、これは。

それにしてはあまりに不気味で、荒んだ緑。棘だらけの茂みも、苦しみ悶えるように曲がりくねった木々も、生命力のない虚ろな砂の果実も。こんなものが豊穣の御子の、あのコウキ様が与える豊穣や奇跡であるはずがない！

行かなくては。

私は茂みを潜り抜けて後続部隊がいるであろう方角を目指す。その途中、むせかえるような植物の匂いの中で妙に目立つ鉄の匂いがした。血だとすぐに察する。近くに負傷者がいるかと思ったが、そうではなく周辺の棘から赤い血が滴っていた。

荊棘のトンネルのような道。誰かが剣で強引に道を切り開いて通った痕跡。ライナスだ！　何かの気配を察して無理やり進行方向への最短距離を取ろうとして、傷だらけになりながらここを進んだのだろう。

「ライナス殿……っ、コウキ様っ!!」

跡を追う。ライナスが道を作ってくれたおかげで私はほとんど怪我を負わずに進めた。

着いた先で私の目に入ったのは、エドガー様が狼の姿になって地面を覆う木の根を食いちぎり、爪で切り裂く様子。白い毛並みは赤くまだらに汚れていた。横でライナスも剣を振りかざし、行く手を阻む植物を切り飛ばす。

エドガー様のその必死な様相に全てを察する。あの下にコウキ様がいるのだと。

私も彼らのもとに駆け寄って作業を手伝う。ライナスが切断した木の根を掴んで引き剝がしてめくり上げた。

そこに赤い花の侍女も現れる。冷徹な、いや、必死に冷徹さを保っている侍女は突き刺さる茨を恐れもせずに植物の除去に取り掛かった。

そうして私たちはなんとか地下まで掘り進めたのだがコウキ様の姿はそこにはなかった。靴の片方、ついさっきまでここにいた痕跡は発見されたが、本人は影も形もない。

全員が愕然とし、言葉を失う中、エドガー様の悲痛な怒声だけが響いた。

私はとにかくコウキ様を捜しに動こうとしたのだが、ライナスに腕を掴まれた。振りほどこうとしたその時、ぬるりとしたその感触で彼の手が血まみれであることに気づく。

「ライナス殿……！」

「リアン、まず落ち着け。コウキはロマネーシャに到着してすぐに転送魔術らしきものに捕まって姿を消したらしい。エドガーが神狼の本能で居場所を見つけたが、あの結果だ。お前も今すぐ周囲を捜索したいんだろうが、一度即座に居場所を当てたエドガーがもう気配すら辿れずに失意に狂いそうになっていやがる。つまりすでにコウキは近辺にいない。分かるな？」

「……はい」

「俺たちが今動いても無駄だ。恐らくまた転移が発動したんだろうな。一応、ロマネーシャ王都周辺全域は人海戦術で騎士たちに痕跡を捜させつつ、木を伐採して通路を確保させる。お前は一度駐屯地に戻って休め」

「ですが……っ、コウキ様がご無事でいらっしゃるとは思えない……！」

ライナスも周辺の禍々しい森を眺め、口を閉ざす。

「……だとしても今は無駄に動くな」

私は悔しさと焦燥感を呑み込みながら、ライナスの正論を嚙みしめる。

「せめて騎士たちの仕事を手伝わせてください」

「ああ分かった、無理はするなよ。だがまずは怪我の治療を受けろ。それからでなけりゃ許可は出さねぇ」

「私はほとんど無傷です。あなたが進んだ後を通ってきたので。ライナス殿、あなたこそ治療を」

「そうだな、必要な時に動けるようにしとかねぇとな」

こうして私とライナスは騎士団と共にロマネーシャ中央に残り、この事態の後始末をしながら捜索を行っていたのだが、やがてコウキ様は遥かバルデュロイの西方に転移で飛ばされたという情報が入る。その後、それをエドガー様と侍女のリコリス殿、協力者の占星術師が迅速に追っているという続報が入り、私たちに出来ることは後片づけだけになった。

しかしまだ発見されてはいない。心配でどうにかなりそうではあったのだが、コウキ様が戻ってきた時にこのロマネーシャの有り様を見て自責の念を抱かれてはいけない、そのためにも後片づけを進めておかなければ、と無理やり気持ちを切り替えた。

とりあえずロマネーシャの神官に捕まったままではないのだろうということと、エドガー様が追っているのであれば必ず二人は出会えるのだろうという妙な確信があったおかげで、なんとか冷静さを保てた。

ライナスが傍にいてくれたのも、私にとっては心の支えであった。

＊　＊　＊

ロマネーシャでの任務が一段落した後になんとか一度バルデュロイ王国に戻ることが出来た私とライナスだったが、到着した途端に各種の報告やら始末に忙殺されることとなる。騎士たちから報告が上がるその最中、ライナスは何だってと叫んだ。

宰相リンデン殿と、侍女のリコリス殿。樹人の二人はコウキ様の正確な居場所を大樹に尋ねるため、その身を本来の植物の姿に変えてしまったという報告だった。獣人が獣の姿に変わるのとどう違うのだと疑問に思ったが、すぐに気がつく。意識というものがない植物の姿から人の姿に還ることは出来ない。完全な一方通行の変化だったのであろうと。

世界の要となる豊穣の御子を取り戻すためならば、二人分の人生を差し出しても構わない。そういう判断だったのだろう。いや、彼らはきっと自らの意志でそれを望んだのだろう。

それほどに樹人である彼らにとってコウキ様は特別な存在なのだ。理屈は分かる。合理的な判断だというのも分かる。コウキ様を失った世界は、樹人たちにとってはもはや終わりと言っても過言ではないのだから。

だが、私はその話を聞いて悲しかった。彼らとはそんなに長い付き合いではないはずなのに、大切な者を失ってしまったように心にぽっかりと穴があく。

奴隷時代には顔見知りが死ぬことなど日常茶飯事だったというのに……。私にも人の心というものが戻ってきているのだろうか。そして、ライナスは私以上に動揺していた。ライナスは私とは比べ物にならないほど二人と長い付き合いであり、関係も親密だったはずなのだから当然だ。

旧友二人を失い、それでもライナスは涙を流すこともせず、落ち込む姿も見せずに将軍としての働きを見せるのだった。神狼も御子も宰相も消えた城、その総指揮権を一時的に預かった王弟バイス様の補佐をこなし、城の内部の面倒を見ながら外部で騎士団を動かす八面六臂の活躍。

バルデュロイという国を動揺させぬために、彼は動じぬ将軍の姿を周囲に見せつける。

何があっても必ず国を支える、それがあの二人に報い、神狼を応援する一番の方法だと分かっているのだろう。

私は少しでもそんな彼の力になろうと、秘書として業務のサポートに徹した。コウキ様とエドガー様の無事の帰還を祈りながら。

そんな樹人二人の覚悟とライナスの尽力は数日後に報われた。

エドガー様、コウキ様の無事の帰還。やっとのことで私たちは胸を撫でおろし、その報告が入るとライナスはいの一番に赤い花畑と一本の若木のもとへと走り、かすかに涙ぐみながら叫んでいた。

帰ってきた、あいつらは無事で戻ったぞ、と。

実際に再会したコウキ様は紛れもなくあのコウキ様本人ではあったのだが、どこか別人のような雰囲気をまとっておられた。慎ましやかで優しげなその雰囲気の中に周りの者を畏怖させるような、神秘的な何かを潜ませているような。

ライナスもすぐにそれに気がついたのだろう、彼はそれを『コウキは豊穣の御子になった』と評した。今までは御子となるべき存在、であったのだろう。今のコウキ様は己の力と役割を完全に受け入れ、やっと真なる意味で御子として降臨したのかもしれない。

コウキ様自身はそれを『祈り方を知っただけ』だと語られた。

そしてその祈りは本物の奇跡を見せてくれた。

赤い花畑と一本の若木は、再び温かな血の巡る体と元通りの心を取り戻し、皆と再会することになったのだ。

力を酷使したコウキ様はその場で倒れそうになるが、私はその細い体をしっかりと抱きしめる。今までのコウキ様は力を使うたびにあからさまに己の命を削っているような有り様だったが、今のコウキ様は疲れたので休んで回復しているだけという姿に見えた。安定して御子の力を使いこなし始めているその姿に、私も胸が詰まる思いだった。

御子として、神狼の伴侶として立派に成長しているコウキ様。そのコウキ様を守り、国を率いているエドガー様。エドガー様の右腕にして、名のある将軍であるライナス。私の周辺には私とは住む世界の違う者ばかり。

それでもコウキ様は私を友だと言ってくれたし、ライナスは私の……恋人……なのだ。

少しでも皆と並んでも恥ずかしくない存在でありたい、成長したいと、私はいま一度気を引き締め直す。身寄りもなく身元も不明、奴隷育ち。そんな私でも皆とこの先も一緒にいられるように。

こうしてとにかく忙しく気の休まることのなかった日々は、それなりに落ち着きを取り

戻す。新たに城にやってきた小さな竜の赤子のような生き物、神獣と呼ばれる存在である
タツオもしくはエスタスというらしい彼を巡って少し騒動は起きたけれど。
神獣とは大変貴重な生き物で、世界を正しく維持するための何か……であるらしいのだ
が、私にはよく分からなかった。以前にライナスとのデートの時に見た地下水脈の大型蛇
もどきと似たようなものだろうか。とにかく大事にした方が良いらしいので、私の体をよ
じ登ってきた時には抱っこをしてやることにした。私はなぜか割と懐かれているようだ。
タツオ――いや、エスタスの体はいつもぽかぽかと温かいので気持ちが良い。
やがてコウキ様の体調も落ち着き、全員に日常が戻ってきたそんなある日、仕事の合間
の一時。朝一番から大量の書類と格闘していたライナスは大きく伸びをしながらうめく。
「あー、もう駄目だっ、疲れた、無理。眠いダルいしんどい。サボりに行くぞ」
詰め所内なので騎士たちに思いっきり聞かれている。サボりに行くのさえこっそりでは
なく堂々、ライナスらしいといえばライナスらしい。周囲もよくあることだと認知してい
るらしく気楽に笑っている。
「いってらっしゃーい」
「早めに戻ってくださいねー」
「あ、リアンは置いていってくださいね」
突然の指名に私は書類とにらめっこをしていた顔を上げる。

「なんでだよ！　リアン連れてってイチャつかねえと俺が回復しねえだろうが」

「将軍殿はイチャつき始めたらしばらく帰ってこなくなるでしょうが」

「それは仕方ねえだろ、恋人とはこうじっくりねっとり……俺は早い男じゃないんでね」

「勤務中にねっとりしないでください。さっと行ってさくさくイチャついて早く戻ってきてください」

　なんだよそれ、とライナスも笑い始める。私とライナスは二人きりになるとイチャつく、と皆に認識されていて辛い。少なくとも私は勤務中、休憩時間以外にサボるつもりはないのだ。それなのにライナスが、ほら行くぞ、雇い主命令だぞ、と私をサボりの共犯に仕立て上げるのだからどうしようもない。

　結局、休息も大事だとか言い出したライナスによって、今日はもう二人とも非番ということにされてしまう。溜まった仕事は明日やる、と力強く言っていたが私の記憶が確かであるなら昨日も同じことを言っていた。仕方のない人だと思いつつ、城の敷地内、生命の大樹近くを目指して散歩を始める。

「森の中に静かに寝転がれるイイ場所があってな、ほとんど誰も来ないような場所だししばらく昼寝でもしようぜ。俺はもう朝っぱらから文字を見続けてへろへろだ」

「ライナス殿は現場で動いている時の方が元気ですね」

「そうそう、事務は向いてねえのよ。体動かしてる方が楽。でも将軍にまでなっちまうと戦時中以外は仕事の九割が机での作業でよお、辛いのなんのって」

「でも戦時中よりは良いでしょう?」

「ま、そうだな。俺は正直戦いも命のやりとりも本能的には嫌いじゃないんだが、戦が起これば泣くのは庶民だ、平和が一番ってな」

「ええ。争いがあれば勝者と敗者が生まれる、そして敗者は全てを奪われる……幼き日の私のように」

「コウキのおかげでエドガーも丸くなったし、今後もバルデュロイは喧嘩を買いはしても売りはしねえだろう。やっかいなロマネーシャももう国家規模で敵対はしてこねえだろうし、他の大国、東の自由都市同盟は立場的に戦争なんざ望まねえだろうし、南東のガルムンバは同盟国だ。他の小国や自治区はまさかバルデュロイに仕掛けては来ねえだろうから、当分は平和にやれるだろうよ」

　そう言ってライナスは私の頭を撫でる。

「お前みたいな境遇の子供を出さないように、俺ら大人がちゃんとしないとな」

　その言葉に深く頷き、私たちは自然と手を繋ぐ。

　目的の場所にたどり着いたのかライナスは木陰で歩みを止めた。そこは柔らかな下草が厚く茂った小さな広場。緑の香りとそよ風が気持ちいい静かな場所で、ライナスに手を引かれるままに一緒に寝転んでみて、確かに快適に眠れそうだと納得してしまった。

ライナスは再び私の灰色の髪を撫でながらゆっくりと目を細める。いつもより少し真剣な顔で。

「リアン、お前の出自もいつか調べられたらいいと思うんだが」

「私の出自……ですか。バルデュロイの景色と空気になんとなく懐かしさみたいなものは覚えたので、出身地はバルデュロイなのかもしれません。奴隷時代にそう言われたこともありますし、街中で似たような毛並みの狼も見ますし、彼らと私は近い種族、あるいは血縁なのでしょうか？」

「いや、狼は正直ほとんど皆その系統の毛色だし、周辺小国にも似たような狼獣人は正直いくらでもいるから特定は出来ねえな……。両親について何か覚えちゃいないのか？」

「まったく。名も顔も知りません。物心がつく頃にはもう奴隷として教育される日々でした。私が捕らえられた時に殺されたか、同じように奴隷にされたかのどちらかでしょう」

「生きてどっかにいる可能性もあるだろ。何十年か前に幼い息子をロマネーシャに奪われた狼獣人、ってのを探せば見つかるかもしれねえ」

「期待はしません。現実的に可能性は低いので。ライナス殿だって本当は分かっているのでしょう？」

「どうだろうな。……家族に会いたくはないのか？」

「会いたいと思うことすら許されなかった。昔は親を想って泣いたこともあったような気がするのですが、今は、もう諦めています。でも、寂しくないというのは嘘になるかと。家族……そうですね、家族は欲しい……かもしれません」

その時私が思い浮かべていたのは、寄り添う神狼と豊穣の御子の姿。ある意味で家族よりも強く深い絆のある運命の二人。互いが互いを満たすその光景を羨ましいと思わなくはない。なので素直に家族は欲しいかもと答えたのだが、ライナスは急に私の両手をがっしりと掴んできた。

「ちょっと待て、ストップ」

「はあ」

「待て待て待て、急すぎんだろ、予想外。落ち着け俺。家族のことは諦めているが家族は欲しい、つまり新しく作りたい、俺と家族になりたい、俺と結婚したいってことだな？　そうだな？　来たぞ、願ったり叶ったりだ、大勝利、計画通りだ、最高だ、生まれてきてよかった……!!　だがこのままではリアンからプロポーズしたことになる。俺からしたい。俺からビシッと恰好良く言ってリアンをなおいっそう惚れさせたい！　だから一度待ってくれるな？」

「え、えっと、はい？」

「後日だ、この話は後日にしよう。良いタイミングでドラマチックにな？　今ここでこの話が進んだら俺は明日からの仕事を全部すっぽかして結婚式と新婚旅行の準備を始めちまう。まずは一度お互いに落ち着こう」

「私は別に、落ち着いていますが……？　ライナス殿、さっきから早口でぶつぶつと何をおっしゃっているのですか」

あまり聞き取れなかった言葉を聞き返すと、ライナスは今は気にするなとぶんぶんと首を振った。そしてこの話題をごまかすようにわざとらしくぐんと伸びをして大きな獅子(しし)の姿に変わってしまうが、その表情は一貫してずっと過去最高ににやにやしていた。

一体何だったのだと思いつつ、私もこの休息を満喫しようと、森の香りを胸いっぱいに吸い込みながら凝り固まった体を伸ばす。ふわ、とあくびが出てしまう。そんな私を見てライナス殿は急にぽかんとした驚きの表情をしていた。

『お前、それ……』

『あ、すみません、みっともないところを』

『いや、あくびは可愛(かわい)いからむしろもう一回見せてくれ、じゃなくて！　お前、いつから獣の姿になれるようになったんだ⁉』

『え？』

視線を下げるとそこには獣の前脚が並んでいた。少しまだらな灰色の毛並み、獅子のラ

イナスよりほっそりとした脚は、私の意思で持ち上がった。まぎれもなく私の体だった。

驚いてライナスを見つめ返すと、彼の瞳に映る私は確かに一匹の狼の姿をしていた。

『私……まさか、変じることが出来ているのですか?』

『ああ! すげえ、出来ないとか言ってたが出来るじゃねえか! 立派だ、さすが俺のリアンだ!! その姿も可愛いぞ!!』

別に立派ではないだろう、見た目からして豪奢にして勇猛なエドガー様や畏怖すら覚えるライナスとは違う、私が何の変哲もない平凡で貧相な狼なのは自分でも分かる。

だが奴隷の首輪に縛められ、姿を変じる方法を学べなかった私は一生出来ないのかと思っていた。それなのに急に、こんな何げないタイミングで出来てしまったのには自分でも驚くしかない。

『リアン、ちょっと立ってみろ』

立ち上がってみる。四本の足で地面に立つ感覚に違和感はなかった。これもまた私の本来の姿なのだろうと本能的に納得できる。

『くそっ可愛いな。俺の腕の中にすっぽり収まっちまいそうな体軀も可愛いし。その狼らしいキリッとした顔つきも可愛い。それなのに瞳が妙につぶらなのもまた可愛い。おっ、肉球を俺に見せてくるとは、分かってるじゃねぇかそれも可愛い。もう、頭から尻尾の先まで全部が可愛すぎるだろ……』

おめでとう、と言いたげにライナスは私に全身を擦り付け、毛並みを乱しながらじゃれついてきた。

きっと本当はずっと前から出来ていたはずなのだろう。重たい金属の輪を外されたあの瞬間から。出来なかったのは出来ないと私自身が思っていたから。今になって出来たのは、ライナスの隣を歩める存在になりたいと強く思うようになったからなのだろうか。

その後、二人で寝そべっていたところをコウキ様に見られてしまうというひと騒動があったわけだが、とにかく自由に変じることが出来るようになったのは嬉しかったので、その日の夜には屋敷にてノイン先生にも報告した。

実際に狼の姿を披露してみせると、先生は私の背を優しく撫でながら、「では今後は獣の姿での戦い方も学ばねばなりませんね。獣人の姿の時とは戦術の全てが違いますので一から教えますよ」とにこやかに告げる。

そう、特訓メニューがいっそう増やされる結果となってしまったのだった。

バルデュロイ本国でしばらく休養を含めた時間を取れた私とライナスだったが、未だに騎士団の大半はロマネーシャ領に駐屯している。理不尽に追い詰められたコウキ様の苦しみを体現したかのようなあの森をなんとか伐採し、ロマネーシャの王都の都市機能を回復させるためだ。作業は膨大にして重労働、場所によっては茨の棘だらけ、切っても切っても雨が降るたびに植物たちは微妙に生長してくるらしく、未だに苦戦しているとの連絡が届いている。

現地の民の中には「バルデュロイの豊穣の御子がこの地を故意に呪った」などという事実無根の中傷を吐き捨てる者もそれなりにいるらしいが、真実はまったくの逆だ。コウキ様を誘拐したのも一方的に傷つけたのもロマネーシャの人間であり、もしコウキ様があの木々の大繁殖を起こさなかったら、ロマネーシャは怒れる神狼によって滅ぼされていたに違いないのだから。

しかし現地の民にいちいちそれを説明して回っても理解は得られないだろうということで、現状は放置されているらしい。

伐採作業は苦戦しつつも少しずつは前進しているし、リンデンが復活して城の方も落ち着いたし、そろそろ俺は現場に戻らねえとな、とライナスは報告書を眺めながら言う。もう私に留守番をしていろとは言わなかった。

言ってもどうせ言うことを聞かないと思われているのだろうか。それとも、どんな時も傍にいて構わないと私を信用してくれているのだろうか。そんな小さな疑問をつい言葉にしてしまう。

「今回は同行してもよろしいのですか？」

「ああ。何だろうな、俺はお前を見くびってたのかもしれねえ。危険にも緊急事態にもお前はちゃんと対処できるし、現場で動けて役に立つ。……なんかいつの間にか強くなったな。以前のお前ならコウキが消えた時点でパニック起こしてただろ」

「そうでしょうね」

「でも今は俺の制止を聞き入れてちゃんと冷静でいられた。精神的にすげえ安定してるよ、今のお前は。……出会った瞬間から惚れてんのに、どんどん魅力的になるんだから手に負えねえよなあ」

「何を言っているんですか、もう……。あなたやエドガー様をやっと心から信頼できるようになったのかもしれませんね、私は」

「他者を信頼して委(ゆだ)ねる。それこそ勇気のいる判断だからな。そういうことも出来るようになったってわけだ」

「それが私の心の成長なのだとしたらあなたのおかげです。私にそれを教えてくれたのは他でもないライナス殿なのですから」

「へへ、そりゃあどうも。これからもお互いに高め合える関係を大事にしていこうぜ？　心も、体もな？」

「か、体は余計ですっ！」

ここは騎士団詰め所、現在は勤務中。周囲の騎士たちはにまにまと笑うばかりでもう動じもしない。

こうして私とライナス、数人の騎士は再び事態の収拾を目的としてロマネーシャへと向かう予定を立てるのだが、そこにエドガー様、コウキ様も同行すると聞いてさすがに耳を疑った。急な国王と御子の同行、私たちの主な任務は要人警護へと変わる。

エドガー様はともかく、コウキ様をあの場所へ再び連れていくなどどういう了見だ、と内心憤ったが、エドガー様がそれを許可しているのであれば私が口を挟む余地はない。

何よりコウキ様ご自身の意思なのだという。あの国をどんな状態にしてしまったのかを自分の目で確認し、今度こそ真の豊穣を与えるべく因縁の地へ再び踏み入るのだと。

そう言いだしてしまったのならばもう誰にも止めることなど出来はしないだろう。私とコウキ様はそういうところは少し似ている気がする。

そして現れたコウキ様は見慣れぬ木の棒を……いつもの優美なデザインの歩行用の杖とは違う、自然の木の枝そのままの形の長い杖を携えてきた。あれは大樹の枝なのだという。なるほど、豊穣の御子に力を貸してくれそうな良い杖だ。

こうして出発した馬車はロマネーシャ領に入り、ついに寒々しい気配を漂わせる蔦や木々が絡まり合うエリアに到達。そしてロマネーシャ王都近郊、教会群があるあたりを覆い尽くす森が現れると、まるで山のようなそれを見上げてコウキ様は顔を強張らせた。

しかしエドガー様にしっかりとその肩を抱かれると落ち着きを取り戻し、再び顔を上げ、揺るがぬ強い光を宿した瞳で景色を見つめるのだった。

優しさだけでなく強さも身につけ始めたコウキ様の横顔を眺めるのは、私にとっては嬉しくもあり、少し寂しくもあった。

再生の儀式を行う場所として、前回コウキ様が転送魔術で誘拐された先のあの地下室を選んだようだ。一度歪んだ奇跡を起こしてしまったその場所、暗い地の底から全てを浄化して祝福しようということなのだろう。

そして私は、皆は、この地に生きる全ての命は、慈悲の思いにて紡がれた真なる緑樹の奇跡を目の当たりにすることになるのだった。


大地は再び芽吹いた。

もう一度ここから歩み始めようと高らかに歌うように。

七章

先日、コウキ様はバルデュロイの王城近郊にある官庁住居にお住まいである侍女のリコリスの父君、ウィロウ殿の病を治療したと聞いた。世界中にその症状を抱えた者が無数にいるというのに、手の打ちようがないので罹患すれば諦めるしかなかった謎の病。

荒廃してゆく世界を模したように肉体が灰色に枯れてゆく枯死の病と呼ばれるそれを豊穣の奇跡で癒やしたのだとか。

西方の森で神獣エスタスを浄化して転生を助けたのが、力の使い方を覚えたきっかけ。ウィロウ殿の病を癒やしたのが御子として救世の旅を歩む覚悟を決めたきっかけ。

前向きに道を選ぶコウキ様の支えになっていたのはエドガー様。

……あのお二人がいればこの世界はきっと救われるだろう。

そして大樹の枝を携えたコウキ様は因縁の地、ロマネーシャにも豊かな緑と清浄な大地を取り戻させ、この地の病人たちまでをも癒やした。空間そのものを祝福して大勢を同時に癒やす大規模な奇跡、この力には私もライナスも、それはもう驚いたのだった。

最初こそコウキ様は力を振るわれた後は疲労で倒れられていたが、やがて出力のコントロールを覚えられたのか、ひどく消耗することもなく浄化を行われているようだった。

その目覚ましい成長を見守りつつ、一行はロマネーシャの避難地区を巡る旅を始める。

病人たちを救い続けるその旅を進めて実績を重ねるにつれて、ロマネーシャ領内でのコウキ様の評判も徐々に変化している、とライナスは言いはじめた。

「ロマネーシャの民がコウキ様のお心を分かってくれた、ということですか」

「そういうことだ。実際に救ってるんだ、自分の身や家族が助かったやつらはもう豊穣の御子を否定することは出来ねえだろ」

「意外です。ここの民は聖教の教え、聖女信仰しか受け入れぬものかと思っていました」

「最初はなんか勝手に聖女の巡礼ってことにしようとしてたらしいぞ。だがうちの騎士や支援に来てくれてたガルムンバ兵たちが『あのお方は豊穣の御子だ、間違えるな！』ってガンガン主張してたんでな。それで御子って存在を無視は出来なくなったんだろ。ま、掌返しでも鞍替えでも何でもいい、頑張るコウキを悪く言う奴が減るのはいいことだ」

「そうですね……。それにしてもあなたが耳聡いのは国外に出ても変わらないのですね」

「騎士団の中に特別諜報隊っていう俺の直属の隠れ部署があってな。世界各国、当然ロマネーシャ市民の中にも、なんなら教会内にも間諜を送り込んでるからな。戦時中は上手くいかなかったが今ならその機能はしっかり果たせるってもんだ」

「抜け目のないことで」

嫌悪、嫌疑から疑問へ、疑問から理解、好意へ、好意から畏敬へ。今や豊穣の御子を肯定的に受け入れている民は少なくない。

豊穣の御子が世界を救うというのは、こういうことでもあるのかもしれない。

その優しさで皆の心を一つに束ね、誰もが望む平和と安寧へと導く。

尊いお方だ、と改めて思う。

＊　＊　＊

ロマネーシャへの再訪問を無事に一段落させ、バルデュロイに戻ってしばらくした頃、ライナスが一通の書状を手にやってくる。

「リアン、良い物を持ってきたぞっ」

「良い知らせですか？」

「そうそう、楽しい招待状だ。同盟国ガルムンバ、皇帝のゼン殿よりのお誘いだな！　お前、国外へ遊びに行くのは初めてだろ？　新婚旅行の予行演習と洒落込もうぜ？」

「後半の戯れ言はともかく、皇帝直々のご招待ですか。ライナス殿はともかく私は場違いでは……」

「そう堅苦しい奴じゃねえよ、お前も行くの。決定。いいところだぜ、街並みも国の作りも面白いし、道中の景色も見ごたえあるしな。何よりあの国は魚介が新鮮で美味い！　これぱっかりは内陸のバルデュロイは勝てねえからなあ」

招待状はエドガー様宛てであり、建国記念の祭事があるので御子や友人たちを連れてぜひ観覧に来てくれ、体調が許すのならば弟君にも会いたい、という内容だった。

「祭事、ですか」

「十中八九、武芸大会だろうな。あの国は武芸が盛んで武人の聖地でもあるんだ。皇帝ゼンも国内最強と名高い剣豪だな。祭りといえば戦い。催しといえば戦い。何かあればとりあえず戦い。あの国の常識だぞ」

「それはなかなか……活気のある国ですね」

「暑苦しい国って言うんだよ。俺は嫌いじゃねえけどな」

私とライナス。コウキ様とエドガー様、リコリス殿。そして神獣のエスタス。私たち一行は長期旅行用の大きな馬車に乗り込み、一度街道に沿って東に進み、自由都市同盟の領地に入る前に南下し、ガルムンバ帝国を目指す。途中、美しい花畑を眺めたり、宿場町を抜けたりして、見慣れぬ風景の変化を堪能する。

ライナスと出会って私の世界はぐんと広がったが、その外にもまだ遥かに世界は広がっていたし、想像以上に人の生活の多様さも存在していた。世界の広さを肌で知って自分のちっぽけさを思い知る。こんな小さな自分が何を悩んだところで、きっとそれは世界にとって些細なこと。それが妙に面白く感じ、私は自然と少し笑顔になっていた気がする。

着いた先の重厚な壁を持つ国の佇まいにも、うるさいほどに賑やかな盛り上がりを見せる街並みと住民にも圧倒された。旅は、楽しい。

ゼン皇帝は鬼人という種族で、頭の黒い二本角がよく目立つ大柄な御仁だった。鬼人という種族自体はバルデュロイでもたまに見かけるが、ゼン皇帝の風格と威圧感は並の鬼人とはわけが違う。しかしその近づきがたい容姿とは裏腹に、彼はよく笑い、よく話し、豪快で気持ちの良い人物なのであると少しの時間を共有しただけですぐに分かる。

そんな皇帝への謁見も無事に済み、食事会が始まったは良いのだが、そこで私たちは例の武芸大会への参加を促される。エドガー様とライナスは自身の立場に鑑みてすぐに断りを入れたが、私はその誘いを耳にした瞬間からそわそわと体がうずいていた。

やってみたい。私の力を試してみたい。ライナスの屋敷に住むようになってからずっと家庭教師のノイン先生に鍛えてもらっているし、最近は騎士団で指導長という教官役をやっている先生の双子の兄、フェイン教官にも稽古をつけてもらっている。

……指導長という人物についての噂は聞いていたが、まさか先生と双子だったというのには驚いた。鏡に映したかのような相似の顔。実は未だに私は二人の師が並ぶとどちらがどちらなのか見分けられない。

とにかく、ライナスを育てたというあの人たちが、力は着実についていると言ってくれている。コウキ様も成長を見せてくれたのだ、私もそろそろ結果を、成果を見せたい。

こうして私と交友してくれる皆に。

……ライナス、あなたに。

意を決し、声を上げた。私でも参加できないかと。

こうして私とリコリス殿の出場が決定したが、今からもう緊張が高まり始めていた。

翌日は各自で自由行動、観光の時間ということになり、同室の私とライナスは翌朝一番から泊まり先を出て街を歩く。賑やかな街でも早朝はさすがに静かだろうと思っていたら見事に正反対だった。ライナスが連れていってくれたのは鮮魚の卸売りをするという市場で、魚介類を買い付けに来ている業者たちが争うように声を上げ、飛ぶように魚が箱ごと売れてゆくかと思えば次から次に商品が運び込まれてまた競りが始まる。

「すごい勢いです……こうやって物は流通しているのですね」

「商人、特に生鮮食品を扱う業者は朝から大忙しってな。じゃあまずはとれたての魚が自慢の朝飯だな」

ライナスが指をさす先には、地元の民や買い付け業者たちが生き生きと食事を掻きこんでいる屋台がずらり。私たちは名物の海鮮丼を頼んで席に着く。どんぶり飯の上にこれでもかと盛られた魚の切り身は鮮紅色や純白につやつやと輝いて、宝石のように綺麗だ。

「バルデュロイもだが、内陸には魚を生で食べる文化がないから面白いだろ。川魚と海の魚は味が違う、まあとにかく食ってみろ」

「ええ、初めて食べます……いただきます」

ぷりんと弾ける弾力にしっとりと甘い脂が乗った魚肉。生臭さなどまったくない、力強い魚の味を堪能して呑み込めば鼻を抜けて海の香りが漂う。ご飯との相性も言わずもがな、これは美味しい！　丼に夢中になっていた私が頷きながら顔を上げると、ライナスも満足そうににかりと笑った。

朝食を終えて海へ出かけ、波打ち際を素足で歩いたり、磯の岩礁地帯にある洞窟を巡ったりの冒険を楽しむ。昼には街に戻り、地元の魚介と隣の自由都市同盟から取り寄せた高級肉のバーベキューが楽しめる店に連れていってもらった。それから土産物や雑貨の店が軒を連ねる通りを散策し、土地の果物をふんだんに使った大きなタルトを半分こした。

夕暮れには温泉街へと赴いて、夕日の沈む海を眺める浴場へ。二人で使うのにちょうどいい広さの貸し切り露天風呂をライナスが予約してくれていたのだ。

湯はさらりと柔らかな感触でじんと体が温まり、同時に海風を受ける上半身が涼しくて気持ちが良い。濃いオレンジ色の太陽が水平線に溶けてゆく。天と海、見渡す限りを赤く焼く雄大な景色を前に私は言葉を失う。

「綺麗だろ？」

「はい……すごく……本当に。こんなにも綺麗なものが世界にはあったのですね」

「同意見だ。ただし俺の言葉は景色じゃなくてお前に贈るがな」

「私に？」

「夕焼けに染まりながら濡れた裸体を晒すお前が見たくてここを予約したんでね」

「はっ恥ずかしいことを言わないでください……！　でもこの温泉も、一日の予定も、全部素敵でした。……こんなにも楽しい時間をあなたと過ごせて、その、よかったです」

「俺は旅慣れてるが、お前と巡るのは格別だ。すっげえ楽しかった。こんなにも時間を忘れてはしゃいだのは久しぶりだ。こっちこそ、俺と過ごしてくれてありがとな、リアン……」

ざぶ、とお湯を掻く音。近づいてきたライナスが私の頬にキスをした。私も彼の頬に同じようにキスを返す。夕日の色の頬が唇に温かい。

「旅の準備も予定を立てるのも、全部あなた任せにしてしまってすみません」

「気にすんな。お前の世話を焼くの最高に幸せだしな」

「してもらってばかり、でしたので。私も何かしてあげたいです。何かありませんか？」

「……いいのか？　じゃあ頼みごとするぞ」

「ええ、お願いします」

抱き寄せられる。濡れた肌同士が密着し、まるで一つに溶け合う。

そして至近距離で私を見つめるライナスは、今までにない真剣な目をしていた。

そしてゆっくりと低く言葉を連ねてゆく。祈るように。請願するように。

「毎日の生活の時も。仕事の時も。遊びに行ったり、飲みに行ったり、たまにはこうして旅したりする時も、ずっと俺の傍にいてくれ。これから先、歩んでいく道を全部、今日みたいにお前と並んで歩きたい」

甘く胸を刺すその言葉に、私はなんと返事をしたらいいか知らない。

世界はまだ私の知らないことだらけ。

「俺が軽薄な奴だってのは知ってるだろうが、本当に、惚れたのはお前だけだ。愛したのもお前だけ。それはもう死ぬまで変わらないと誓える。リアン、出会っちまったあの瞬間から俺にはお前しかいないんだ」

「……愛した……」

「ああ。俺を選んでくれ、リアン！」

病める時も。健やかなる時も。

「私は…………私もあなたの、隣がいい」

世間知らずな私は、恋の駆け引きも気の利いた台詞も知らない。ただ思うままの心を伝えるしかない。抱き合う腕に力を込める。彼だけを見つめ返す。

「一緒にいたいです。この先もずっとあなたと共に新しいことを見て知って、当たり前の毎日を繰り返して……こうしてあなたの一番近くでぬくもりを感じて鼓動を聞いていたい……！　抱きしめるこの腕を独り占めしたい、ずっと一緒に……この先のおはようとおやすみなさいを全てあなたに贈りたいです。ライナス殿」

あなたの、伴侶として。

自然と眼が潤むのを感じる。だが、今は泣きたくない。私は嬉しいのだから。

ライナスの金の髪が夕日を弾いていっそう輝く。その瞳が感涙に濡れて細められる。

私の名が、強く、強く、強く呼ばれる。

私で良いのだろうか、とはもう自問しない。あなたにふさわしい私であるために。

＊　＊　＊

充実した観光を終え、ついに迎えるのは武芸大会の開催日。

体が軽い。己の中で何かが吹っ切れたのを感じる。何かが強く鼓動しているのが分かる。ライナスに私を見てもらうのだ。握る拳。喝采の中、この体に緊張はない。

他の選手の試合を見ていて少し驚いた。どの武人も巧みにして苛烈な武技を見せるが、私はその動きをきちんと目で追えた。見切れている。対応できる気がする。先生たちに教わった日々は確かに私を成長させてくれていた。

一回戦目は慣れぬ武器と戦法を駆使する相手、大盾を構えてその陰から短槍で奇襲してくる戦士だったので苦戦した。だがなんとか辛くも勝利を収めると、解説席で緊張の表情をしていたライナスは私に向かって満面の笑みを見せ、声の限りに応援をくれた。

二回戦目は変幻自在の斬撃の軌道がやっかいな剣士だったが、それでも意味不明の角度から超速、超威力で飛んでくるノイン先生の攻撃に比べれば遥かにマシで、落ち着いて剣を捌いて対処をしつつ徐々に距離を詰め、なんとか決定打を叩きこむ。勝てた。

三回戦目にはリコリス殿と当たってしまい……これに関して言い訳はしない。完全に私の実力不足。ほとんど手も足も出せずに負けてたが、それでも今までのリコリス殿の対戦相手の中で一番長く戦場に立ってたぞ、とライナスは褒めてくれた。リコリス殿もノイン先生、フェイン教官の教え子であり、兄弟子の貫禄をこれでもかと見せつけられる結果になったが、むしろやる気がわいた。いつかはリコリス殿に敵うようになりたいものだ。

三回戦敗退という結果だったが、戦いに関しては目の肥えたガルムンバの民たちを沸かせた一流の武人たちと同じ舞台で渡り合えた。まずは一歩、己の歩みを実感した。

武芸大会はリコリス殿の優勝で無事に……いや、リコリス殿の対戦相手となった選手たちの心境はまったく無事ではなかった気もするがとりあえず無事に閉幕し、翌日にはゼン皇帝とライナスによる特別公戦という試合が行われることになった。

　これは皇帝の試合を皆が楽しむという意味合いの催しらしい。最強格の鬼人とバルデュロイ騎士団将軍の激突。きっと私などまるで及ばぬ次元の攻防となるのだろうな、と予想する。楽しみでもあり、勉強になるのでありがたくもあるが、同時に心配でもある。私のその内心を見抜いてか、ライナスは自室に戻ったあと、私の頭を撫でながら言った。

「明日の試合、俺が怪我でもしたらどうしようって面持ちだな」

「ええ、正直なところ」

「俺の身を案じてくれんのは嬉しいが、心配いらねぇよ。向こうも達人だが、俺も負けちゃいねえ。驕るわけじゃねぇが剣や武芸ってのは極めれば極めるほど相手を傷つけずにやれるもんだからな、互いに加減は分かってる」

　確かにライナスの言う通りなのだろう。実際、私も二人の先生との稽古時にはあれだけボロボロにやられているというのに、大きな怪我は過去一度もしていない。達人の技術で以て、実に上手く、精密に計算され尽くして手加減されているのがよく分かる。

「そうですね、でも気をつけてください。一番近くで応援します、舞台のすぐ横で」

「お、嬉しいねえ。恰好良く勝ってやるよ、期待してな？」

　その宣言に私は深く頷いて応える。

「ちなみに俺は勝った後のご褒美を期待してるからな。明日の夜は可愛い声で鳴く覚悟をしとけよ?」

「だからあなたはどうしてすぐそういうことを……!!」

ばしんとその分厚い背を叩く。だが、その痛みなど感じていないかのようにライナスはけらけらと笑った。

ちなみに試合は白熱の末に引き分けに終わった。だが、まあ確かに頑張っていたし、普段とは違う、戦う男の表情をして勇猛さを通り越した殺気をまとうライナスには正直心奪われたので、その夜は私も勇気を出してご褒美を提供した。

すると調子に乗ったライナスにいろいろなポーズやら台詞やらを要求され、挙げ句、新しい体位を試すだとかなんとか……。思い出すだけで恥ずかしくて地面に埋まりたくなるので、もう思い出さないことにした。

そして祭りが終わって翌日、コウキ様の目的でもあったガルムンバの民の浄化が行われる。不思議な柔らかい音のピアノを介してこの遠方の地にまでも大樹の力は届き、見事にコウキ様とエドガー様は民たちに救いと笑顔をもたらしたのだった。

浄化の演奏は三日かけて続き、けっこうな長期滞在となったこの旅だったが、充実した時間はあっという間に過ぎていく。異国の文化と生活を堪能させてもらった我々が帰国するその時も、ゼン皇帝は名残惜しそうに大きく手を振って見送ってくださった。

八章

騎士団の一員であり、以前よりよく言葉を交わしている孤児院出身のシモン。彼の経歴は中堅といったところらしいが、その実力を周囲に認められてライナスの側近として働いているし、私も彼には仕事面でいろいろと教えられた。頼りになる先輩のような人物だ。

　そのシモンには密かに交際している相手がいて、そちらも同じ騎士団に所属しているという噂は聞いていた。しかし、それが密偵などの公に出来ない任務を専門とする秘密部署、特別諜報部隊の隊長であると知ったのは最近のこと。

　そんな二人がついに結婚を決めたというのを知ったのは孤児院の小さな子供たちからの招待があったからだった。さすがに二人の上官であるライナスは婚姻の件について事前に知っていたらしいが、式は身内だけで小規模にやると聞いていたので出席予定はなかった。それを、少しばかり寂しく思っていたそうなので、サプライズゲストとして招待してもらったのにはたいそう喜んでいた。私も先輩の門出を祝えるのは嬉しい。

　結婚とはどういうものであるか、制度は知っているが実情はよく分からない。普通の家庭の子供ならば両親や親戚を見て覚えるのだろうが、私は親の顔すら覚えていない。

……先日、ライナスから贈られた言葉は、あれはきっと求婚だった。私はそれに同じ熱量で応えた。結婚式。私たちもいずれするのだろうか。

そう考えていると頰が熱くなったが、とりあえず今はシモンの結婚式に失礼のないように参列せねば。服装や当日の振る舞いやマナー。学ぶことは多いがライナスは頼りになるし、こういう日常のことはライナスの家の皆が親切に教えてくれる。

特にこの世界では少ない女性であるにもかかわらず、ライナスの家に勤めている侍女たちは妙に私に優しくしてくれる。それは、私が初めてこの家へやってきた日に淡々と語ってしまった奴隷生活が、彼女たちにとってはあまりに衝撃的なことだったせいらしい。

だからなのか、それとは違う理由なのか、彼女たちは私とライナスとの話をとても聞きたがる。私が可能な範囲でそれに答えれば歓声のような悲鳴のような黄色い声が上がる。

私はそれをいつも不思議に思いながら、彼女たちから様々な知恵をもらうのだった。

ある夜、屋敷に戻るとライナスは巻き尺と革の鞄を持った獣人を伴って現れた。大きめの三角形をした狐の耳をぴんと立てた茶髪の男は仕立屋だと名乗り、太い尾を揺らしながら丁寧にお辞儀をしてきた。

「お前の礼服を仕立てようかと思ってな。俺はもう持ってるからそれと同じ生地で揃いにしようぜ？」

「確かに必要ですね、気を回していただいて助かりました。ですが……同じ服というのは恥ずかしくないですか？」

「どうせエドガーとコウキもペアルックにしてくるぞ。シモンも当日は伴侶と腕組んで幸せ満面だろうし、俺たちだって見せつけねえとな」

「別に私は見せつけたくはないのですが。それにエドガー様とコウキ様でしたら特別な日のために二人で揃えた服、というように見えるでしょうが、私たちが揃いだと騎士団の制服みたいではありませんか？」

「う、……確かに」

私たちは仕事上、毎日ペアルックである。私は正式な騎士ではないが、ほとんど騎士団と一緒に行動しているので同じ制服を貸与されている。今更同じ服を着ることに新鮮さはない。ライナスも指摘されて同じことを思ったのだろう、腕組みをしてうううんと唸る。

そもそも地味な灰色の毛並みで細身の私と、金の髪が目立つ大柄なライナスでは似合う服も違う。本人そのものが目立つライナスを引き立てるような服は私では着こなせまい。

「よし、似てる色合いの違うデザインでいくか。お前用には可愛くて綺麗めなやつを……」

ライナスがそう呟くと、仕立屋の狐は机にカタログらしき本を開いてライナスに見せた。

「こちらのデザインなどどうでしょう、もしくはこれなどいかがですかね。そちらの狼さんでしたらこうしてシルエットがすらりと出て優美なものもお似合いになられますよ。可愛らしさを重視するならこちらもお勧めですが……」

「ほう、いいな、これは……なかなか……」

「今期の新作のこちらもお勧めです、自由都市同盟あたりで流行りの型なども洒落ていてよいのですが、やはり礼服の一着目としてはまずバルデュロイの伝統形式で……」

「良い品だがちょいと無難すぎねえか。遊び心が欲しいところだな」

ふむ、と仕立屋はページをめくる。

「ではこちらや、こちらですかね。背中は出していきますか」

「おっ、いいな。これとかすげえ良い」

「では少し攻めて大胆に開ける方向性で……せっかくです、肩も出しますか？」

「ほう……！」

「では脚も出すというのは」

「うおっ、良いぞ！　これはエロいな……！」

「こう、おへそと脇腹もチラリと……」

「やっべ、これ下半身にガツンと来る……!!　よし、注文する。さっそく採寸してくれ」

仕立屋とライナスが本を見ながら不穏な会話を始めたので恐る恐る横から覗くと、そこにはあまりに布の少ない衣服を肌に張り付かせながら大胆なポーズをとるモデルの絵があった。私は机の下でガツンとライナスの足を踏む。

「んがっ⁉」

「ライナス殿？　世間知らずな私に！　結婚式にふさわしい！　まともな！　常識的な礼服を教えていただけますか？」

「わ、分かってるっての、これはアレだ、礼服とは別に趣味で買うだけだ。礼服は真面目なのを買うからな、うん」

「趣味ですか。意外な趣味をお持ちだったのですね。他人の趣味を否定する気はありませんので自室内のみでご自由にどうぞ」

「俺じゃねえよお前が着るんだよ！」

「私は着ません。絶対に着ません、もし勝手に買ったら庭で燃やします」

私が温度のない視線で真っ直ぐに告げると、ライナスはさすがに諦めたのかシュンと肩を落とす。その様子を見て、言い方がきつすぎたかと一瞬思ったが、ここで情けを見せたら確実に、あの到底服とは呼べない何かを着せられる羽目になるので断固拒否しておく。

苦笑する仕立屋によってまともな礼服を作るための採寸をしてもらうが、ライナスがボタンは特注のものを使ってもらいたいから後で店に送る、と伝えていた。

「特注のボタン、ですか」

「ああ。うちの家の紋章入りで俺とお揃い。ボタンくらい揃いでもいいだろ？」

「ええ、まあ」

その時の私は知らなかった。名家の紋章が入った装飾品を贈られるということの意味を。それを身につけて公の場に出るということは、己はカザーリア家の一員であると証明しているようなものだとは知らぬまま、後日私は金ボタンの礼服に袖を通したのだった。

ちなみに、断固として拒否した服とも呼べぬあれは、ライナスが諦めきれずにこっそりと注文していたらしく、結局着せられる羽目になるのだが、それはまた別のお話。


教会でもあるシモンが育った孤児院でささやかに、幸せいっぱいに行われた結婚式。子供たちの笑顔が溢れる、それ自体は実に素敵で幸せな時間だった。

しかし、その式の中にある悪意が混入していた。無垢な子供を利用し、罪のないコウキ様を狙ったのはやはりあの因縁の国、ロマネーシャであった。

式の後、毒入りの菓子を口にしてしまったコウキ様は昏倒し、神獣エスタスのとっさの助けがあって一命はとりとめたものの、致死量を遥かに超えていたであろうという毒で予断を許さない状況に陥り、意識を失ったまま医師らに囲まれることとなる。

コウキ様と親しく、御子を信仰する種族であるリコリス殿やリンデン殿はこの事態に卒倒しそうになっていたが、そんなことをしている場合ではないと踏みとどまり、決死の様相で原因や犯人の特定を急ぎ始める。

ライナスはエドガー様の傍についていた。全身の毛を逆立たせ、怒りに狂いかけながらもなんとか憤怒を噛み殺している神狼、それを暴走させぬようにと見張っている。だがそのライナス自身もまた握る拳が怒りに震えている。

私も皆と同じだった。再びコウキ様を命の危機に晒してしまったという失意と、この世界に対する怒りで頭がどうにかなりそうだった。

あれだけひどい目に遭いながらもこの世界を見捨てず、命を慈しみ、良き豊穣の御子であろうと努力するコウキ様をまだ苦しめようと……、あまつさえ亡き者にしようというのか、あの国の人間は！

ライナスがエドガー様に向かって犯人が特定できるまでは堪えろと怒鳴りつけている。エドガー様は頭を振って叫ぶ。分かっている、見境なく怒りを振りまくことなどコウキは望まない、分かっているがそれでも我は何もかもが許せぬ、と。

そんな修羅場に飛び込んできた凶報。

生命の大樹のふもとから、謎の生物、生き物なのかどうかすら分からない、獣や虫をかたどった奇妙なものがうじゃうじゃと溢れて、民を襲い始めていると。

その意味不明の報告に私たちは冷や水をかけられたように固まる。どういう意味だ。本当なのか？　世界を支えるための大樹からどうしてそんなものがわき出るのだ。

ライナスは冷静に鋭く指示を飛ばす。

「とにかく市民を避難させて現地の騎士団で防衛線を張れ。逃げてくる民がいるかもしれねえからここの城壁は全部は閉じるな、可能な限り誘導してやれ。襲ってくる謎の敵どもは、正体が分かるまでは出来れば攻撃したくはねえんだが、そうも言ってられねえ状況なら構わねえ、殺せ！　城には一匹たりとも近づけるな！」

敵の数、その性質と正体、目的、何もかもが不明。その状況下でまずは民の命を守りながら時間を稼げ、という命令を聞き届けた部下はすぐさま各地に伝令を走らせる。

リンデン殿は城の文官を集め、ウィロウ殿を呼び出し、過去の文献を洗い出しながら何が起きているのかを調査、議論し始める。ライナスとエドガー様は事実を確認すべく現場に出るという。

私も腰に携えた剣の柄（つか）を握り、ライナスの背に続く。……実戦になるのか。私は初めて命を刈り取る目的で刃（やいば）を振るうのか。出来るのか。自分に。

街には混乱が渦巻いていた。叫ぶ声、走る群衆、向こうでは火の手が上がり、どこへ逃げればいいのだと右往左往する者たちで騎士団すらまともに進むことがかなわない。

エドガー様と二手に分かれ、ライナスと私が向かった先では騎士たちが大盾と柵を並べて防備を固め始めていたが、その先に群がっていたのは報告通りの化け物。

複数の動物などを無理やりくっつけて作ったような、幼児が悪ふざけで作った粘土細工のような奇怪な生物。その不気味さに吐き気がせり上がる。

「ライナス殿！　あれは！」

「分からねえ!!　だがバルデュロイの民を殺す気なら斬るだけだ!!　行くぞ!!」

大剣を掲げる横顔はわずかに引きつっている。ぞろりと並ぶ奇妙な敵たちの、その向こうにもさらに数えきれぬほどの化け物がひしめいていた。

怒号。そして黒い大剣の一振りで何体もの化け物を巻き込んで斬り飛ばすライナス。血飛沫の代わりに千切れ飛んだ化け物の破片がまき散らされる。その強さと暴れる様はまさに豪嵐の名で恐れられた荒獅子。近づけば邪魔になる。彼の剣の届かぬ範囲に潜むように私は長剣を構え、ライナスの背後に迫る敵を即座に斬り伏せる。

初陣ながら、動ける。恐怖に固まらずに剣を振れるのは体が勝手に反応するまでに仕込んでくれた二人の師のおかげか。しかしそれを斬った感触は明らかにまともな生き物ではなかった。肉でも骨でもない、藁束を斬ったような虚ろな手ごたえが返ってくる。

騎士たちも統制の取れた動きで隙なく守りを固めながら戦う。敵の数は多いが一体一体がそこまで強いわけではない。訓練を積んだ騎士ならなんとか対応できる。負けはしない。

だが、私たちの体力には限りがあり、敵の数には限りが見えない。その事実が全員を焦らせ、心を折らせにかかる。もちろん指揮官のライナスもすぐにそれに気がつき、騎士を交代で下がらせて休ませた。自身だけは戦場に残り続けたまま。

何時間そうしていただろう。さすがのライナスも動きが鈍り始める。掠れた呼吸音、その額からは汗が滴り落ちる。私の方はとうに限界を超えていた。もう何体斬ったのかも覚えていない。何度か甲羅をもつ敵を力任せに叩いたせいか剣が刃こぼれしている。

一瞬の眩暈。あとどれだけ自分が立っていられるのか分からない。

「リアン!!」

ライナスが叫ぶ。横から迫る大きなバッタのような敵を反射的に斬った。狙うのは首、私をかじり取ろうとした大顎が両断される。剣は握っていたが、もう腕に感覚がない。

「戻れ！　一度休め、リアン!!」

休めとすでにもう何度も言われている。だが私はまたその命令を無視する。この人の背中を守る、そのために今日まで訓練してきた、そのために今ここにいる！　私の強情さについにライナスの怒りが爆発した。

「いい加減にしろ！　お前はもう無理だっ、死ぬぞ!!」

「だと、してもっ、ここで、退きたくない……!!　お傍に……っ!!」

「下がれ!!　命令だ!!」

「いや、ですっ」

「これ以上は足手まといだっつってんだ!!　頼むから下がってくれ！」

そんなことは分かっている。その時は見捨ててくれればいい。そう思ったが言葉には出来なかった。ライナスはきっと私を見捨てない。私が本当に足手まといになったら、この人は必ず私を庇いながら戦う。……もう、退くべきか。そうなってしまう前に……！

ライナスが再び私の名を叫ぶ。

その瞬間、真正面から突っ込んできた鳥のような化け物を、剣で受け止め損なった。構えは間に合ったがもう握力が残っていなかった。剣が吹っ飛ぶ。

「あ……っ!!」

敵の鉤爪が私の肩を刺す。すでに体中が細かな傷だらけだったが、ここへきて初めて大きな負傷をした。血が、迸る。痛みに膝が崩れる。だがさらに深く体を切り裂かれる前に敵の方が真上から叩き潰される！　振り下ろされた大剣、その先にライナスの怒りに満ちた顔があった。

向こうで騎士が叫ぶ。

「将軍!!　一度撤退を！　ここは我々だけで持ち堪えますっ！　リアンを頼みます!!」

ライナスに担ぎ上げられた私はそのまま強制撤退させられる。下がれという命令を無視して、結局足手まといになった。失望されたかもしれない。絶望が頭を巡る。だがライナスはもう怒ってはいなかった。ただ悔しそうに顔を歪めながら言う。

「すまん、守れなかった」

「……ごめん、なさい、役に立てなくて……」

「立ってただろ！　俺が戦い続けられたのはお前がいてくれたからだ！　だがもういい、俺はな、本当はこんなこと絶対に言っちゃいけねぇことなんだが、正直自分より国より民より王より、ただお前が大事だ、何よりお前だけは守りたかったんだよ……！」

ライナスはそのまま城内の庭園に仮設された救護所を通り越し、城内へ向かう。

「どこへ……？」

「黙ってろ」

向かった先は地下牢だった。かつてライナスも入ったその場所に私は放り込まれ、外から鍵をかけられてしまった。錠の落ちる音の向こうでライナスは私から視線をそらす。

「ライナス殿、何をっ」

「すぐに医者を寄越す。治療を受けたらそのままここにいろ。分かったな」

「い、嫌です！　待って、置いていかないで!!」

私のすがる言葉を無視し、ライナスは足早に牢を立ち去る。投獄されたわけではなく、ただ最も守りの堅い王城内に私を隠したのだとすぐに分かった。それが彼の愛なのだと。

私はその場に座りこんでただ涙をこぼすことしか出来なかった。

しばらく泣いていた私が涙をぬぐって落ち着きを取り戻す頃、医者がやってきて傷を診た。幸い大事な腱などは傷ついていなかったようで、出血さえ止まれば大丈夫だと言われる。開いた鉄格子をちらりと見る。この隙に脱走しようかとも考えたが、医者が責任を問われるかもしれない、と思いとどまる。医者は食料と水を置き、鍵をかけて去ってゆく。

静まり返った地下牢の中で私は無理やり自分をなだめる。落ち着け、冷静になれと。この状況からでもまだライナスの役に立てることはないのかと己に問う。そして一度休もう、と決意した。限界を超えた疲労を抱えた体ではまた足手まといになるだけ。私は牢屋内の簡易寝台に横たわる。眠らなければ。回復しなければ。

……数時間は眠れたか。大丈夫だ。痛むが肩も動く。目を覚ました私はさっそく床板を外しにかかる。地面を掘ってでも脱走してやる、という気概で。普段ならこんなことを始めれば看守がすぐに飛んでくるだろうが、今ここを見張る暇な者などいない。

食事と休養、そして穴掘り。焦る気持ちを抑えながらひたすらにそれを繰り返す。ここはただ静かだ、外の状況はまったく分からない。窓もないのでどれだけ時間が経ったのかも分からないが、食事が運ばれた回数から察するにそろそろ二日か。……きつい。

だが、なんとしても脱走するしかない。私は水筒に口をつけ、またパンをひと口かじり、外した床板の木材をスコップ代わりにして穴を掘る。

そうして通した暗い穴に無理やり体をねじ込んでついに脱獄、泥だらけの恰好になりつつもやっとのことで自由になった私は、城の侍女たちが言葉を交わしているのを物陰で聞いてしまう。コウキ様がさきほど目を覚ましたと。

気づけば自分は走っていた。命の恩人にして友であるコウキ様のもとへ。なんとなくどうなるのかは予想がつく。コウキ様がこの事態を知ったら自分のせいだと責任を感じるであろうし、自分がなんとかすると言い出すだろう。実際にはコウキ様には何の責任もないどころか被害者でしかないが、そういうお人だ。

敵は明らかに大樹からわき出ている。大樹のもとへ行きたいとあの人は言うだろうか。それが可能かは分からない。どう見ても敵が減っていない、埒が明かない、他国も同じような状況らしい、一体どうすれば、と向こうで休息を取る騎士たちが話し合っている。

ベッドで身を起こしていたコウキ様。意識ははっきりとされていた。

ただ、明らかに様子がおかしかった。片眼だけ視線が合わない。ちゃんとこちらを見る右眼。ぼんやりと正面に向けられる左眼。左眼の機能が失われていることは一目瞭然だった。病み上がりどころかまだ苦しげな体はどう見てもろくに力が入っていない。

それなのにやはりコウキ様は行くとおっしゃった。自分が行かねば非常事態は収まらないと本能的に分かっているように、リンデン殿に対して強く主張する。

そして蔵書室にてウィロウ殿からこの事態の原因と解決の糸口を教えられ、私とコウキ様は共に決意する。もはや大樹のたもとへ行くしかないと。

そして歩み出す私たちを迎えに来たのはいつもの顔ぶれだった。エドガー様、ライナス、リコリス殿。三人ともずっと前線に出ていたのだろう、すでに装備も恰好もくたびれた様子だったが、それでも揺るがぬ強い意志を宿した表情で、皆でコウキ様とこの世界を守ろうと言葉もなく誓い合うのだった。

そして私は四脚の獣の姿になってコウキ様を背に乗せるという大役を任される。片眼を失い、今もなお毒に体内を冒されていて、片脚の動かぬコウキ様を安全に進ませるために細心の注意を払わねば。エドガー様も私を信用して、コウキを頼むと言ってくれた。

世界の最深部、大樹のその奥にて出会ったのは大樹の防衛機構、黒い神狼。

私たちはそこで死闘を繰り広げた。小さな神獣エスタスまでもが必死に戦い、コウキ様が命を懸けてその想(おも)いと心を大樹に届け、ついには大樹の怒りを鎮めたのだった。

私は戦いの中で黒い神狼に敗れ、体の内部を損傷して血を吐いていたが、それでも豊穣の御子の——コウキ様の祈りは全(すべ)てを癒(い)やした。

死にかけていた私を包むぬくもり。

きっと世界中に同じものが届いたのだろう。

黒い神狼の心にも。

そして最後に黒い神狼は全てを悟ったエドガー様の中へと還り、文字通り一体となって消えていった。

世界を襲っていた大樹の魔獣たちも全て崩れ落ちて消え去り、始まってしまった滅びは急速に終息を迎えた。世界に静けさが戻り、そして各国、各地で歓喜が沸き上がる。

本当の意味で、この大地に生きる命たちと豊穣の御子と生命の大樹が一つに繋がった瞬間だったのだろう。

九章

とんでもない騒動だったが終わり良ければ全て良し、とライナスは語った。

本当に良しの一言で片づいたわけではない。事態の規模の割に少なかったとはいえ、被害は各地に出ている。街道や行商路の破壊に各国建造物の破壊、人的被害。悲しみは世界中で生まれた。それでも人々は力を振り絞って今を守り切ったと言っていいのだろう、この騒ぎで存続が危うくなるほどの状態になった国や自治区などはないという報告が入ってきている。

私たち、特に内政や外交において内から手を回すリンデン殿と実行役のライナスは復旧作業の手配や指示の仕事に忙殺される日々となったわけだが、その忙しさもある種の充実なのかもしれない。壊れる前より立派にしてみせますとリンデン殿は瞳を輝かせていたし、文官たちはさっそく街並みの再開発計画について討論を始めていた。

騎士団もその期待に応えるべく、民間の業者や職人とも協力して、今は被害地域の復興に尽力している。

そして一時期、両眼を共に失明することとなったコウキ様だったが、あの黒い神狼の協力があったとかでなんと視力を取り戻し、今は体調も回復されてエドガー様と仲睦まじく城で暮らしている。リコリス殿もそんなコウキ様の世話をするのを全力で楽しみながら、最近は王弟バイス様とも距離を近づけている様子で、よく二人でティータイムを楽しんだり、国政について語り合ったりなどもしているらしい。

忙しくも平和、そんな尊い日々が戻ってきた。そして私たちは……。

窓辺から陽がこぼれる。

「ん……朝か……」

「……ライナス殿、おはよう、ございます」

「おっと、起こしちまったか」

私は小さく首を振る。

「さっき目が覚めました。良い朝ですね。今日はゆっくり出来そうです」

「いやあ、本当にひっさびさの休日だな。こんなに連勤したの生まれて初めてだっての」

「私はロマネーシャにいた頃……幼児期からあなたに出会うまでずっと連勤でしたよ」

「いやそれはさすがに次元が違えから。忘れろ、しんどい過去は全部忘れちまえ。これから俺とイチャつきながら生きていくわくわくな未来だけ胸にしまっておけ」

ふふ、と同じタイミングで私たちは笑う。ライナスの屋敷、カザーリア邸の当主の主寝室。大きなベッドに寝転んで並ぶ私とライナスは二人で一つの掛け布団に潜り込んで互いの素肌の温度を溶け合わせながら世界に二人きりの気分を味わう。すでに昨晩から何度も交わった後だ。

「未来……そうですね、そうします」

「抱えきれないくらいたくさん幸せ積み重ねていこうぜ。……愛してる、リアン」

「……私も、愛してます」

抱き合う腕の力強さに、昨晩の激しい交わりを思い出して少しどきりとする。

久しぶりの休日、どこかに行こうかとも思ったのだが、今はどこを出歩いても復旧作業中の騎士たちと出会ってしまって仕事気分になりそうなので、城の周りの森でゆったりと森林浴でもするか、ということになった。

簡単な外出着を身にまとって出かけた私たちは、大樹を擁する森の入り口で書物を片手に上を見上げるリンデン殿とばったり出会う。

「おやおや、宰相様はこんなとこで何してんですかねえ。サボりならもうちょっと目立たない場所がオススメだぜ？」

ライナスがさっそく楽しそうにリンデン殿に絡んでゆく。

「あなたと一緒にしないでくださいね。ちょっと考え事を」

「何かあったのか？」

「実はですね、占星術師のアメリア様から古書が届きまして。それをもとにいろいろと調べ物をしていたんです。ほら、大樹に花が咲いたでしょう？　あの花弁が散った後に小さく実が出来ているんですよ」

「そうなのか？　遠すぎて見えねえけど」

ライナスも目を細めて大樹を見上げ、私もそれを真似するがさすがに高すぎる、何も見えない。

「それが大きくなると食べられるようになるそうです」

「マジで？　大樹って果樹だったのか。どんな味なんだろうな」

「食べてみますか？　ここからでは見えませんが、最上部の実は時期的にもう熟している可能性がありますよ」

「取れねえし。高すぎだし」

神聖なる大樹によじ登ることなど許可されているわけがない。それが許されるのは大樹に選ばれし者、神狼と豊穣の御子だけだという。しかしそんな二人でも物理的にせいぜい途中まで登るのが限度、一番上に存在する巨大にして広大な樹冠は未だ誰も触れたことのない神秘の領域なのだろう。

「実は落とせるそうですよ」

「どうやるんだよ。とんでもない長さの高枝切りバサミでも作るのか?」

「そんな頭の悪い方法なわけがないでしょう。愛する二人が一緒に幹に触れると自動的に一つ落ちてくる……要するに大樹が授けてくれるそうですよ」

「何だそれ、やたらとメルヘンチックなシステムだな。よしリアン、一丁やってみるか」

「構いませんけれど……リンデン殿、本当なのですか?」

「本当です。ふざけてなどいませんよ」

リンデン殿は何だか意味深な微笑を浮かべる。

しかし私も大樹の実の味には興味があった。愛する二人で、というところに気恥ずかしさがないわけではなかったが、今更恥ずかしがって周囲に隠す関係でもないと諦める。

そして私はライナスと並んで大樹のもとに向かい、その巨大な幹の前に立つ。

「いくぞ、せーのっ」

ライナスの合図で同時に幹に掌を触れさせる。その瞬間、足元から腕までざわりと妙な感覚が駆け上った。ライナスも同じように驚いている。

「うおっ、今何か感じたな」

「私もです。何だったんでしょう……」

待つこと数十秒、緑の茂みを掻き分けるようにして真上にぽつんと白い何かが現れる。それは水に沈みゆく木の葉のようにふわりふわりと風に揺られながらゆっくりと降下してくる。真っ白な綿毛に包まれたボールのような物。まさかあれが大樹の果実なのか。

「本当に落ちてきている……！」

半信半疑だったらしいライナスも驚いているし、教えてくれたリンデン殿も実際の光景を見るのは初めてだったのだろう、興味深そうにじっと見つめている。やがて私たちの目の前まで落ちてきたその実を二人でそっと受け止める。あんなにもゆっくりと落ちてきたのに、腕に感じる重みはちゃんとある。不思議だ。それどころか、なぜかぬくもりや鼓動まであるような、妙な錯覚を起こさせる実だった。

「この実、生きている……？」

「どうしたリアン、生きてるってどういうことだ？」

「何だか生きているように感じませんか？　実際に温かくはないようですが持っているとぬくもりを感じますし、動いていないはずですけれど、今にも動き出しそうで」

「……そ、そうかあ？　別にそうは見えねえが」

私とライナスの感想が食い違う。それを見てリンデン殿は呟く。

「興味深いですね。恐らく実に選ばれたのはリアンさんなのでしょう」

「どういう意味だよ、俺は?」

「あなたはおまけくらいの感じですかね?」

「なんだよそれ。まあいいか、とりあえずこの殻みたいなのを割ってみようぜ?」

「あ、ちょっと待ってください、食べる前に一つ重要な注意点が。その実を食べてお二人で体を交えると子宝を授かることとなります。ですので、リアンさんはご自身の体調と相談してから、あなたはきちんと責任を取る意思を持ってから食してくださいね」

「…………?」

私とライナスの間に妙な沈黙が流れる。揃って首を傾げる。そんな私たちを見てリンデン殿はもう一度ゆっくりと説明してくれた。

「まずその実を二人で食べます。その後、性行為を行います。妊娠します。子が生まれます。子供は大事に育てねばなりませんね。……ご理解いただけましたか?」

ご理解いただけない。

いや、言葉は理解できるが思考と現実が追いつかない。

しかしライナスは急にこくこくと頷き始める。

「男同士だぞ?」

「知っていますが」

「生まれる、のか?」

「文献によると生まれるそうですよ。過去の事例も詳細に記録されています。古書の出どころに鑑みるに十中八九真実です」

「大樹の奇跡、みたいなやつか？」

「そういうことです」

「そうか。分かった。奇跡だな？」

「奇跡です」

「奇跡なら何でもアリだな、しょうがない。よし、食うぞリアンっ‼」

これまでにないほどの満面の笑みだった。私はその勢いに負けてこくりと深く頷く。実に選ばれたのは私だというリンデン殿の言葉が頭の中で反響していた。

屋敷へと戻った私たちはライナスの私室に籠もり、大事に抱えてきた大樹の実を前に今一度じっと熟考する。子を宿すということの意味。命を一つ創り出し、それを守らねばならないという重い責任。生まれてくるか弱き存在を幸せにするという覚悟がなければ子を望んではいけないのだろう。

コウキ様やライナスに出会うまでの私の半生に幸福などというものはなかった。当然私は生まれてきたことを嬉しく思ったこともなく、記憶にすらない両親を恨みはしなかったが、何のために私はこの世にいるのだろうとは常にぼんやり考えていた。

けれども今は過去を全て清算しても余りあるくらいに幸せだ。私は皆に手を引いてもらい、自分の足で歩いてここへたどり着けた。

命は、幸せになれるのだ。きっと私の体に宿るであろうその鼓動も、この広い世界を駆け、どこまでも続く空の下で豊かな緑と共に生きることを喜ぶのだろう。

「……こども、欲しいです」

思いは単純な言葉になって私の唇からこぼれ落ちる。それを真っ直ぐに受け止めてくれたライナスは、さっきまでとは打って変わって真剣な顔で私を見ていた。

「当然、俺もだ。気持ちの上ではな。だが、お前の体にどれだけの負担をかけることになるのかと思うと……。いくら奇跡の力があるといってももともと男の体だ、命を授かって育てるようには出来てねえだろ。女の出産だって命がけの大仕事になるんだ、お前の場合はそれ以上の苦しみを味わうかもしれねえだろうが」

「それについて、私は不安には思っていません。過去の記録でも男が出産した例はあるそうですし……きっと大丈夫です。この身を案じてくださってありがとうございます」

「俺は不安なんだよ！　お前にばかり負担を押しつけることになるんだからよお……」

それでもいい、と私はライナスに身を委ねるようにその胸元に頭を寄せる。

ライナスはそのまましばらく黙っていたが、一度長く息を吐いてから、どこか重たく話を切り出す。

「……それとだな、『家族』について考えるなら、もう一つ話しておかなきゃならねえことがある。今まで黙っていたんだが、実はお前の出自について調査をさせてたんだ」

「私の、ですか」

「親や親族が見つかればと思ってな。お前の了承も得ずに悪かった」

「いえ、それは全然構いませんが……」

「正直、手ごたえなしだ。……俺の情報網をフルに使って何も引っかからねえってのが結果みてえなもんだな。過去にロマネーシャに運ばれた子供の奴隷……その親ってのは捕縛したにしろ向こうからすれば扱いづらい……」

「子供を奪われた親は子のために必死に足掻く(あが)くし、略奪者に対してとてつもない怒りを抱える。成人の獣人は力も強く制御しづらいのでその場で処分して、子供だけを使うということですね。そして私もその一人だったと」

「……本当は黙っているつもりだった。知ったところで今更何も出来ねえからな。考えねえ方が幸せなこともある」

「私は……知って良かった気がします。言いにくいことを言ってくださって、感謝します。覚悟はとうにしていましたから」

ライナスは詫(わ)びるような声色で語った。この結果について実はいつもの面子(メンツ)にすでに相談していたのだと。ライナスが言う必要はないから黙っておくつもりだと発言すると、コウキ様は迷いながらも賛同したそうだ。

知ることが辛（つら）いだけならば、と。ただし永遠に真実を知れないということは、過去が空白になるということ。きっと寂しさは心のどこかに残ります。だから、ライナスさんはちゃんとそれを埋めてあげてください、と言われたらしい。

一方、エドガー様とリンデン殿は真実については正直に告げるべきだと主張したそうだ。己の生き方や価値観、人生観、全てを自分で決めて自立してゆくにはその判断材料となる過去が必要になるではないかと。自分ならばどんなに残酷な内容であろうと真実が欲しいと言う。

リコリス殿に至っては優しく微笑（ほほえ）みながら突っぱねてきたのだとか。リアン様のことを一番分かっているあなたがどうして私たちにそんなことを相談するのですか？　ご自身で判断なさってくださいな、と。

ライナスはその意見の狭間（はざま）で随分と迷い続け、最終的にはこうして私に事実を告げた、ということだった。

「いつも判断に迷いのないあなたが、珍しい」

「エドガーにも同じこと言われたな。普段のお前なら判明した時点で即座に告げるだろう、何を悩んでいるのだ、ってな」

「私のために悩んでくださったんですね」

「……過去は過去だ、どうにもならねえ。本来あったはずの家族との時間……お前が失ったものの大きさももう分からねえ。取り戻してやることも出来なかった。すまない」

「あなたが謝る必要はありません。それに覚悟はしていたと言ったでしょう、平気です」

「平気……なのか」

「ええ、平気なんです。正直実感がないんです。親というものの記憶でも残っていれば別なんでしょうが、私は気がつけば奴隷でしたし、それが当たり前のことでした。今も冷静でしょう、私は。それか、元来心根が冷たいのかもしれませんね」

「……リアン」

突如、強く抱きしめられる。それからゆっくりと至近距離で顔を覗きこまれた。

「お前、本当にそう思ってんのか？　自分がどんな顔してるのかも、分かってねえのかよ……っ！」

彼の双眸に映る私は奇妙に顔を歪めていた。きっと泣きたいのを我慢している顔だ。

そしてその双眸は雫を浮かばせたかと思うと、ぼろぼろとそれを落とした。

グラスから溢れる水のように。

夏の通り雨のように。

私よりも先にライナスが泣いてくれた。

私を苦しいほどに抱きしめながら低い嗚咽をこぼし、その分厚い体を震わせる。彼の鼓動が伝わり、押し寄せる。

悲しみとむなしさが。この世界の残酷さへの怒りが。

燃え立つような愛が。私を強く強く想ってくれる心が。

きっと私の親を見つけて再会させ、私を本当の意味で救いたかったのだ、この人は。

「なあリアン、リアンっ、家族になろう、俺たちでっ、家族に……!!　世界で一番幸せになろう、俺とお前と、新しい命とで!!」

叫ぶ言葉が私の心臓をどんと突き飛ばすようだった。その途端、私の中でも噴き出した溢れる想いが涙に変わり、次から次へと落ちてはライナスの胸元を熱く濡らしていった。

そして気づけば私は彼にしがみつき、わんわんと声を上げて泣いていた。みっともなく、恥じらいもなく全身で泣き喚いた。

泣くことを許されなかった狼の仔が、今やっと己の心と真正面から向き合った。心の奥底に塞き止められていたものを全てぶちまけても受け止めてくれる人のもとへ、たどり着いてしまった。

もう、止められなかった。

＊　＊　＊

二人で手を伸ばした大樹の実はさっきまで硬く殻を閉じていたというのに、触れた途端に自然と割れた。

ライナスは現れた白い果肉をスプーンで掬い、私の口元へと運ぶ。受け入れたそれは不思議と温かい。味は分からなかった。あったような気も、なかったような気もする。

そして私の舌の上のそれをライナスが口移しで半分奪っていった。なぜか懐かしくなるような、切なくなるような甘い香りがした。

私たちは二人で同時にそれをこくりと飲み下す。胸の奥が熱い。

「んっ、……ライナス殿、これで……」

「ああ」

「私たちの、こども」

「大丈夫だ、必ず会える、きっと可愛い！」

むしり取る勢いで服を脱がされ、ベッドに沈められる。

昨晩も何度も繋がったというのに、獅子の視線の前でこの体はいとも容易く貪欲に熱を帯びる。シャツを脱がされながら、私も同時にライナスの衣服に手をかけ脱がせ始める。

呼吸が上擦っている。早く、早くライナスと一つになりたい。

興奮を隠さずに求める私を見て向こうも飢えた獣さながらに喉から唸り声を響かせ、食らいつくように唇を奪われる。逃がさないとばかりに後頭部を押さえられ、私も負けじと金の髪を両手でかき乱して摑む。

水音を立てて絡み合う舌、混じる呼気でのぼせそう。深い口づけの最中に不意打ちのように舌先を甘噛みされ、じんと痺れる感覚が背を伝って腰にまで響く。

「ふ、うんっ、はあ、あ、ライナス殿っ、すき、あなたとのキス、好きですっ」

「俺もだ、キスだけでこんなになっちまってんだぞ、リアン、お前可愛すぎんだよ！」

腰を抱き寄せられ、彼の腿の上に座る形にされたかと思うと股間に彼のモノをぐりぐりと押しつけられ、否応なしに私はさらに興奮させられる。

「あっ、硬、い」

衣服越しに互いの性器が擦れ合う。私のモノより一回り以上大きく張り詰めるライナスのそれ、いつもは少し怖くてあまり直視できない。それなのに今日は逆にそこから目が離せなかった。布地を力強く押し上げているその光景に思わず嬉しくなる。擦られるたびにぞくぞくと快感が波となって押し寄せ、嬌声が勝手に上がり始める。

「あっ、ああっ、あう……気持ちいい、です！」

「いいぜ、もっと良くなろうな」

私が下半身の衣服も脱がそうとすると、ライナスは嬉しそうにそれを手伝ってくれる。

「焦んなよ、俺の何もかも、全部お前だけのものだ」

耳の中へと息を吹き込むように低い声で囁かれ、私はびくんと大きく跳ねた。そうしてあっという間に互いに一糸まとわぬ姿になると、再びお互いの存在を隅々まで確かめるようにきつく抱き合う。

泣きたいほどの幸福が、苦しい。

「ライナス殿……どうか私の、生涯の伴侶であってください……あなたなしでは私は、もう……！」

「お前のいねえ人生なんざ俺はもう考えられねえよ！　もしお前が嫌になったとしても、絶対に手放さねえからな、一生俺のものだ、逃げられやしねえぞ、覚悟してろよ！」

「嬉しい……！　私の、私の家族……っ！」

「ああ、一緒に作っていこうな、この先もずっとだ」

仰向けに押し倒されながらの、再びのキス。

押しつけ合う欲望はお互いの先走りで濡れ始め、ぬるぬると滑りながらあまりに明瞭な刺激に震える。ライナスは私を味見するように首筋を甘く噛みながら、指先で胸をまさぐり始める。最初はくすぐったさの方が強かった胸の先端への愛撫だが、随分と感じ方を教えられてしまった。今ではそっと触れられただけではっきりと感じてしまうほどだ。だが今日のライナスはこれまでにないほどに優しく抱こうとしているのか、いきなり触れてはこない。

彼の指の腹が乳首の周りをゆっくりとこね回す。触れそうで触れない、その焦らしだけで先端はいやらしく立ち上がっている。それでもいじられるのは周囲だけ。はしたない期待に震える体。早く、早くそこを触って。

耐えきれなくなった私は自ら体を揺らし、ライナスの指先に先端を擦り付けた。押しつぶされて擦られる感覚、期待した以上の快楽に溶けた声が漏れる。

「あ、ああっ、ここ……いい……！」

私が我慢できないのを察したライナスは反対の乳首をいじり始める。起き上がった突起の側面だけを優しく何度も擦り上げられ、ますます硬くなってしまう。背が仰け反る。腰まで一直線に快楽が駆け抜けるが、どこか決定的ではない刺激に身もだえるしかなくなる。

「気持ち、いい！　それ、きもちいいです、あああっ！　もっと、して、強く触って……っ！」

側面だけでなく、先っぽもちゃんといじって欲しくて堪らなくて、ねだる。するとライナスは片方をきゅっと摘まみ上げて転がし、もう片方は指で優しく摘まみ上げると先っぽを舌先でいじり始めた。

「ああっ、駄目。それ、ああーっ!!　いく、イっちゃい、ます!!　待って、お願い、まだっ!!」

叫ぶ声が途切れる。びくんと大きく跳ねる腰。胸への愛撫だけで一瞬にして絶頂にまで導かれ、精が生温かく垂れてくる感覚に、後から繰り返し起こる痙攣のような甘い痺れに私は呆然とする。……一緒にイきたかったのに。じわりとまた涙が浮く。

「い、いじ、わる……っ」

「すげえ、胸だけでこんな感じて……最高だ、リアン」

満足げに熱い吐息を漏らすと再びライナスは私の乳首を舐め始めた。快感が引かぬうちに再びそこを弄ばれ、また悶えることしか出来なくなる。そして二度目の絶頂を迎える頃には、いじり尽くされた私の乳首は両方とも赤く色づいていやらしく形を変えていた。


「今日は、幸せ子作りだからな、ちゃんと顔見ながらしような」

すでにぐったりと汗ばんだ体をベッドに預けるばかりの私の脚を掴み、目の前で大きく開脚させながらライナスが囁く。

すでに精液で汚れた私の股間、それでもまだこの先を期待してわずかに立っている性器、早く来てとせかすようにひくついている後ろの穴までもが彼の眼前に晒される。恥ずかしさに身をよじるが、こんな状態の私の力ではライナスの腕を振りほどけるはずもなく、レースカーテン越しの午前の柔らかな光に、私の全てがくっきりと照らされている。

「絶景っ……、さすがは俺の花嫁だ、綺麗だぞ」

この状況に私の心は震えていたが、体はあまりに素直に興奮していた。彼の目の前でわずかに頭を持ち上げていたそれが徐々に反り返り、硬さを増す。最愛の人に見られているというだけではしたなく勃起してゆく過程をじっくりと観察されてしまい、可愛いなとライナスが呟いているのが聞こえてしまい、もう頭が真っ白だった。

太ももを這う指。分厚い大剣を軽々と振りぬくその手がこれほどに繊細に私をなぞってゆく。体全ての、その輪郭を確かめるように。私がここにいて、今、共に在ることを噛みしめるように。

そのまま指は奥までたどり着いてしまい、穴の縁を撫でられる。ぬるりと滑ってゆく感触は私がこぼした体液ゆえだ。くち、くち、と水音が繰り返す。少しずつほぐすように穴を広げられる。経験豊富なライナスは慣らすのも上手くて、最初のうちは入るわけがないと怖気づくばかりだった彼の張り詰めたモノを私の中にすっかりねじ込んでしまえるほどに、容易く私の秘所を開いてしまう。

しかもそれはただの下準備ではなく、巧妙な愛撫でもある。わずかに侵入してきているだけの指先が、柔らかな肉を甘く抉って体内を撫でてゆく。ほんの少し入っただけのところをいじり回されるうちに私はまた足をぴんと引きつらせながら鳴く。

奥を突き上げられる挿入の衝撃とは違う、私の体に潜んでいる快楽をひとつひとつ見つけて暴き出してゆくようなそれに理性をかき乱される。

「ひうっ、あ、そこ、駄目、そこ触らないでっ！」

「リアンはここだよなあ、入ってすぐ、上のところをこうやって押し上げてなぞられるのがイイんだよなあ？」

とっくに知り尽くされた弱点。当の私さえ知らない淫らな場所。二本の指がぴたりとそこを捕らえてゆっくりと動き出す。

「う、あ、ひゃうう……っ!!」

喘ぎが、裏返ってまともな声にならない。体と一緒に反り返った性器の先からぷしっと何かが吹き出してしまい、腰が震える。これももう、いつものこと。

最初は粗相をしてしまったのかと半泣きで青ざめたものだったが、そうではなく潮吹きなのだと教えられた。気持ちよさが極まると出るモンなんだよ、リアンは愛らしく乱れる才能があるなあ、と揶揄するように囁かれて、それはそれで恥ずかしくて堪らなくなったのを今でもよく覚えているし、今この瞬間もひたすらに恥ずかしくて、その羞恥に煽られて私の興奮はむしろ高まってゆく。

「リアン」

「あ、っんあ……っ」

「聞こえてるか、リアン」

色っぽく掠れた低い声、彼もまた興奮に呼吸を荒くし、胸を大きく上下させている。汗がじわりと浮いている。私も、熱い。眩暈がするほどに。

「は、い。聞こえて、ます、ライナス殿……」

彼は牙を覗かせて笑った。獰猛な獣のように。欲に溺れる俗物のように。頼れる兄貴分のように。憧れの将軍のように。余裕ぶった伊達男のように。一匹の強い雄のように。私のために泣いてくれた、純粋な少年のように。

よく笑う人。たくさんの笑顔を私にくれた人。私の愛したその笑顔の全てが眩しい。

「会えるの、楽しみだな」

「……はいっ」

「お前と俺の、子供に」

「はい……っ!!」

自ら大きく脚を開く。来て、と全身で伝えると、ライナスのそれが怖いほどの熱をもって私の中へと突き入れられた。奥へ、奥へ。腹の底へ。

体の中を彼の形に強引に開かれる。神経をいじるような快感が一気に脳天まで突き抜けてゆき、私は口を開いたまま声もなく喘いだ。

ついにそれは根元までみっちりと埋められ、ライナスの小さな唸り声が満足そうに私の耳に響く。動きが止まる。ライナスはじっと私の中を、その熱とうねりを堪能している。

「気持ちいい……お前としてるとすぐ出ちまいそうになる。終わらせちまうのがもったいねえ、このままずっと味わってたいのによぉ……なあリアン」

「わ、私、は……このままも、気持ちいい、です、でもっ、動かれるのも、好き、全部好きですっ」

「チクショウ、素直でよろしいっ！　愛してるぜリアンっ‼」

ライナスが体を揺らす。最奥をずんと突かれたかと思うとずるりと抜け、その感覚にぞくぞくと快感を覚えていると、休ませはしないとばかりにまた奥までせり上がってくる。

大きく腰を使った抜き差しが始まるともう、私はされるがままに泣き叫ぶしかなくなる。ろくに出す精も残っていないのに立て続けの絶頂が襲ってきて、全身の痙攣が止まらなくて、気持ち良くて、ひたすらに気持ち良くて頭の中が溶けそうで。

唐突に、出すぞ、と宣言され。

私は愛しい伴侶の体に両足を絡めた。ライナスのそれが私の中でどくんと鼓動して爆ぜる。奥底が、熱く濡れる。強く抱き合ったまま、共に目を閉じる。

幸せだった。私も、早く会いたい。生まれくるあなたと私の未来に。

奇跡に芽吹く命に。

＊　＊　＊

その日だけでなく、翌日も、その翌日も夜が来るたびに私たちはひたすらに求め合い、抱き合った。

子供ってのは一回すればすぐ出来るってもんじゃねえからな、とはライナスの言だったが、行為をしたいがために適当なことを言われているような気もした。まあでも、私も彼が欲しかったので……その、それは良かったのだが。

その甲斐（かい）あってか、奇跡の成就か。私はしばらくして自分の体温の妙な高まりに気がつき、ライナスに相談した。熱があるといっても体調はまったく悪くない。もしかすると妊娠の兆しかもしれないと告げると、ライナスは目を丸くして私の両手を摑んだ。

「本当か、そうか、出来てんのか……！」

「あの、可能性があるかも、というだけでまだ確定では」

「可能性があるだけで嬉しいじゃねえかよ！　よし、城の医者に診てもらおうぜ」

「お医者様も男の妊娠に遭遇するのは初めてで、きっと驚かれるでしょうね」

「いや、今後は男が産むケースも発生するだろうから勉強しておいてくれ、とリンデンが世界各国の古書を漁（あさ）り回って集めた過去の資料やら何やらをどっさり渡されてたらしいぞ、医務の連中。そんであいつら研究熱心だからな、古書をなんとか繙（ひもと）いて、男の妊娠についての検査方法とか出産の介助の仕方とかの仮マニュアルを作っていたらしい」

「……きっとコウキ様をサポートする態勢を作ろうとしていたのですね」

「そうだな、あいつらもいずれはあの実を食べるんだろうよ。豊穣の御子には出産も無事に乗り越えてもらわねえといろいろマズいしな、先生方の努力に感謝だ。ってわけでリアンもちゃんと診てもらえるはずだ、安心しろ」

「ええ。本当に助かります。それに医務の方々にも私という実例で学んでもらえれば、コウキ様をよりいっそう安全に手助けしていただけるでしょう」

「いやいや、お前は実験台ってわけじゃないからな？」

「分かっています。皆、私のことも大事にしてくださる……ありがたいことです」

こうして城に向かった私たちだが、そこで各種検査を受けて、ほぼ間違いなく妊娠していると診断された。ご懐妊ですと告げられた瞬間のライナスは、それこそもう神を讃えるかのような勢いで私を褒めちぎった。本当によくやった、と感涙を浮かべつつ繰り返す。

まだ終わったわけではない、むしろ今から始まるのだからと私が返答すると、そうだなとライナスは良い笑顔を見せてくれた。

命を授かった喜びの中にあった一片の不安。無事に産めるだろうか、という私の中の動揺をその笑顔が綺麗にかき消してくれた。

この人と一緒なら何があっても大丈夫だと、心から信じられる。

それからというものライナスは私に対して少し過保護になってしまい、仕事も事務の座り仕事ばかりをやらせたがるようになってしまった。

「少しは動いていないと逆に体が重たいような、だるさが抜けないような感じです……。見回りくらい行ってもいいでしょう」

「駄目だ、万が一のことがあったら困る。だが確かに運動不足も良くなさそうだな？　よし、俺が一緒に行けばいいいな」

「ああもう、あなたはあなたの仕事をやってください、将軍殿！」

と、こんな調子が続くので、妊娠のことは騎士たちにはまだ言っていないのだが、なんとなくすでにバレている気がする。腹も大きくなっていない段階なのだからそう神経質になるなと苦言を呈したのだが、安定していない今が一番大事なのだと反論される。

そして、本当なら仕事もさせたくない、屋敷から一歩も出したくないんだと真顔で微妙に脅され、仕方なく私は事務仕事に徹することとなる。

屋敷でのノイン先生との剣術修行も今しばらくお休みになった。妊娠は初期の方が大切だというのは本当ですよ、今はライナスに甘えて体を休めておきなさいと先生も言う。

というわけで今は座学を中心に学んでいるのだが、先生の戦闘や戦争に関しての知識は本当に多岐に亘（わた）り、聞いていて飽きない。今日は獣人や人間などのポピュラーな種族ではなく、特殊な生態をしている少数種族との戦い方を教わっている。

「昨日のおさらいです、翼人と鳥の獣人の違いは覚えていますか？」

「はい、大丈夫です。見た目は似ていてもまったく違う種族、言霊を使う翼人の特殊な戦い方には相応の対処が必要、ですね」

「よろしい。では今日は竜人種について。何を隠そう私も竜人で……」

「え？」

「どうかしましたか」

「先生は……人間なのでは？」

先生の外見的な特徴は完全に人間そのもの。獣や竜の要素はない。だから人間なのだと当たり前に思い込んでいたのだが、違うのか。私がそう尋ねてみると先生は小さく笑う。

「外見で相手をこうと決めつける。悪手です。その勘違い、思い込みが死に繋がりますので実戦では絶対にやらないように」

「は、はいっ！」

「通常の竜人は鱗（うろこ）や尾、場合によっては羽やトカゲのような頭部、そんな特徴があるものですが、私はこういう種族でしてね」

先生の手の甲から、首筋から、頬（ほお）から、鈍い銀色に輝く鋼鉄のような鱗がバキバキと生えてゆき、ほんの五秒ほどでそれは衣服をも覆い隠して全身を覆い尽くしてしまった。表情すらもう見えない。さながらフルプレートの兜（かぶと）と甲冑（かっちゅう）をまとう騎士のようだ。背からは金属製の鞭（むち）のようにも見える細い尾が長く伸びている。その姿は古代の英雄を模した像のように勇ましく神々しい。

「鋼竜といいます。鉱物系の亜人を見るのは初めてですか？　文字通りのハガネの竜です。この状態の私には斬撃や打撃、各種魔術や毒もほとんど効果がありませんので……リアン、あなたなら私をどう倒しますか？」

「えっと……甲冑のごとき鱗の隙間、関節を狙って攻撃を入れる……」

「そうです、良い着眼点ですね」

「もしくは水場に突き落とします」

「……リアン、発想がえぐいです。鋼竜は無敵に近い種族なのですが、身の重さゆえに池などに突き落とされると、正直すごい勢いで沈んで溺れ死ぬのでやめてくださいね」

　まあ実際に先生を突き落とせる技術のある人がいるのかは謎だが……。

　無敵に見える種族にもちゃんと弱点と対処法がある、どんな状況でも諦めず、考えるのをやめるなと先生は言いたいのだろう。

　いかなる困難や辛苦にも立ち向かう方法はある。いずれ生まれてくる我が子にも強く生きる方法を伝えてあげたい。恐怖に屈するばかりの半生を送った私が、皆にそれを教えてもらったように。

　日々は過ぎゆき、やがて私の腹部はなだらかに曲線を描き、中に眠る命の存在をはっきりと形にし始めた。膨らむ重みと愛おしさ。初めて胎動を感じたその時にはその想像を超える力強さに感動し、言葉も出なかった。ライナスは時間が許す限り私に寄り添い、慈しむように腹を撫でながら、私の額や頬にキスをした。

そして月は満ちる。ある日の深夜、予定日よりも少し早く、うずくような痛みがはっきりとした陣痛に変わり、私は城へと運ばれたのだった。

体の中を絞られるような強烈な痛みには驚いたし脂汗をかいたが、我が子がこの世界へと歩み出したいと元気に蠢（うごめ）いているのだと思えば、その痛みすら喜ばしい。早くその顔を見せて欲しい。

ライナスがしっかりと手を握っていてくれた。運ばれる時も、私が痛みにうめく間もずっと。そして赤子の初めての呼吸と共に産声（うぶごえ）が高らかに響くその瞬間も。

おはよう、私のもとへ来てくれた小さな命。

ようこそ、この広い世界へ。

＊　＊　＊

それからの生活はというと目が回るようだった。

数時間おきにミルクを与えて、おしめを替えて、寝かし付けては起きてしまって、抱っこしては揺らして子守歌で落ち着かせ、散歩に連れてゆき、湯あみをさせ、少し眠ったかと思えばまた夜泣き。お腹が空いても眠くても、眠くなくても特に何もなくても、とにかく大きな泣き声で親を呼ぶ。小さく柔らかな見た目とは裏腹の大音量だ。

　頭に小さな獣耳を持つ、本当に元気な赤ちゃんだった。その種族は大樹の奇跡によって生まれた子だからなのかまだ分からない。そしてその世話は想像以上に大変だった。

　弱った産後の体、まとまった睡眠もろくに取れない修羅場。ライナスも屋敷の侍女たちも皆とてもよく赤ちゃんを見てくれて、私に休めと言ってくれるのだが、それでも泣き出したのが聞こえてしまうと、私が行かなければ、といても立ってもいられなくなるのは芽生えた母性本能のせいなのだろうか。

　でもこんな毎日が幸せで、全部夢なのではないかと思ってしまうほどに幸せで。つまりライナスは約束を果たしてくれたのだ。世界一幸せな家族になろうと言ったあの言葉は今、現実になっている。

　そろそろ名前も決めなければならない。ああでもない、こうでもない、これはどうだ、こっちもいい、と暇さえあれば二人で議論を交わしているが、どう決着をつけたものか。

　皆も私の出産を本当に喜び、祝ってくれた。

　エドガー様とバイス様、コウキ様からは赤ん坊のための衣服や玩具などを大量に、これでもかというほどに贈られてしまった。私のことを見舞いにそして祝いにきてくれた、コウキ様はぼろぼろ泣きながら私に寄り添い、リアンさん頑張りましたね、赤ちゃん可愛いですねと言ってくれた。

リコリス殿は産後の体の回復に良いという滋養のある野菜や薬草を詰め合わせて持ってきて屋敷の厨房(ちゅうぼう)に預けてくれたそうだし、リンデン殿は思い出にご家族の肖像画を残しましょう、と画家を連れて現れた。ウィロウ殿は光を織りなしたような美しい挿絵の絵本を何冊も送ってくれた。

騎士団の皆も連日連夜お祝いのパーティーを開いてくれたし、二人の剣の師からは小さな銀色の髪飾りが贈られた。赤ちゃんがもう少し大きくなってお外に出かけるようになったらつけてあげてくださいい、鋼竜の鱗から削り出して作り、覇気を込めたお守りなのであらゆる魔獣を寄せ付けませんと自慢げであった。ちなみに、とりあえずリアンがつけとけ、とライナスが私の髪につけてしまったので今は私の頭上にある。

ガルムンバのゼン皇帝からも結婚と出産への祝いの品が届いた。孤児院の子供たちからもおめでとうの手紙が送られてきた。そして神獣エスタスは良い香りの花を一輪咥(くわ)えて持ってきて、赤ちゃんの横に置いてくれたのだった。

部屋に溢れかえった贈り物。

生まれたばかりのこの子を皆がこんなにも祝福してくれている。

……私もこうして愛されて生まれてきたのだろうか。ライナスは見つけられなかったと言ったが、いつか自分でも己のルーツを探してみたいと思った。

たとえ出会えなくても。それでも。

隣で眠る我が子に問う。小さな寝息が私の指先をくすぐった。

数日後には、コウキ様とエドガー様の式が執り行われることとなり、私とライナスと赤ちゃんと、三人でそこに出席できたことは本当に幸せだった。

きっとあの二人も私たちと同じように、かけがえのない家族になってゆくのだろう。

終章

寝転んで見上げる空はどこまでも高く、雲一つない青の中に落ちてゆきそうな錯覚さえある。細い風の音、遠くかすかに聞こえる街の喧噪（けんそう）。地にひしめく人の営みとただ広がるばかりの天の間で俺は静かに目を閉じる。

しばらくして聞こえてきたのは梯子（はしご）を上がってくる足音、聞きなれたリズム。見つかっちまったか。

「ここにいたのか、ライナス」

ここはバルデュロイの王都バレルナから遥（はる）か南、国の南端に位置する騎士団分署の砦（とりで）。この古城にも見える砦が建造されたのは大昔、大陸全土を巻き込んだ戦乱の時代だ。

そのせいか建物の構造も意匠も古めかしく、建材も古くなっているせいで、砦を擁する街の住民からはボロ庁舎というシンプルかつ遠慮のない呼び方をされているし、旅行者には古代遺跡だとか呼ばれているらしい。遺跡じゃねえよ。現役の分署だっつうの。

俺はその砦の屋上に当たる場所で寝転がっていたわけだが、そこにのっそりとやってきたのはエドガーだった。当然俺たちは仕事があってこの領地南端の町まで来ている。目的は周囲の森の中に点在するいくつかの少数民族の獣人の村への訪問だ。

あの大樹の暴走事件後、国内外、大きな町や主要拠点は早急に復興がなされたが、領土の端の田舎にまではなかなか手が回らず、今になってやっとのことで復旧作業が終わり民に日常が戻ってきた。

そういうわけで村への国王陛下自らの慰問の予定が立てられて実際にこうしてやってきたわけだが、直前になって山奥へと続く唯一の道が崩れて通行禁止となり、エドガーと護衛の俺たちは山に入る手前、ふもとのこの町で足止めを食らっているというわけだ。

「よくあることなんです。道路の復旧工事は半日もあれば終わりますので」

とは現地の騎士の言葉。道自体もなんとかしてやらねばな、とエドガーは呟いていた。

半日ずれたスケジュール。暇になった俺はさっそく砦の屋上に隠れて昼寝をしていたのだが、開始早々にエドガーに見つかる。こいつも暇潰しの場所を探していたのだろう。

二人して寝転がる屋上。天気は昼寝日和。

「相変わらず隠れ場所を探すのが上手い」

「息抜きは良い仕事をするのに必要な作業なんだよ」

「お前はこの砦にもたまに来ているから勝手知ったる場所だろうが、我はさすがにこの遠方には滅多に来られん。おかげでさきほどまで迷子だったのだぞ」

「はいはい、置いてってごめんねエドガー君」

俺がそうからかうと、エドガーはぶすっと不機嫌な顔をした。国王がサボり場所を探して迷子になるな。こいつはあの黒い神狼を取り込んで以来、少し雰囲気が変わった。妙な素直さ、幼さのようなものがときどき顔を出す。

そうしてしばしの間、ぽつぽつと世間話をしつつだらけていたのだが、俺はふとエドガーの頭へと腕を伸ばし、その狼の耳をいじるように撫でた。

「何をする」

「いやー、何かこう隣に三角形の耳があると撫でなきゃならん気がして」

「我をリアン代わりにするな」

リアンはおチビと一緒に屋敷で留守番。

俺とエドガーの不在中、コウキとリコリスが泊まりがけで遊びに来てくれると言っていた。コウキはともかく頭お花畑は勝手に俺んちに泊まってんじゃねえよと思ったが、リアンが嬉しそうに準備をしていたので許すことにした。

「産後のあいつもおチビもまだ遠出はさせられねえからな。あー、独りで寂しいぜ。お前は俺の嫁の代役にするにゃいまいち可愛くねえしよお」

そんなため息交じりの俺の言葉をエドガーは少し不思議そうに聞いていた。

「……ライナス、お前は本当に変わったな。お前は誰とでも上手くやるし、常に人に囲まれているしで人望はあるが、深く踏み入った関係は無闇に作りたがらない。実のところ単独行動も存外好きだろう。隣に誰もいないことを寂しく思う気質ではなかったはずだ」

「まあな。さすがは幼なじみってか、よく見てんな。……やっぱりリアンと出会ってからなんだろうな」

　言葉にしてしまうと、その続きとなって自分でも不思議なくらいに本音がこぼれだす。

「本当に一目惚れだったんだ。視線が交わったその瞬間にあいつっていう存在が俺の中に飛び込んできた。その後はずっとやられっぱなしだ。仕事中もあいつが俺の隣にいてくればいいのにと常々思っていたし、暇な時にゃリアンの顔が見てえな、声が聞きてえな、と気づけばずっと考えていた。……俺はこういう浮ついた性格だからな、寝床に入れば抱けるぬくもりが欲しくなるわけだが、それで思い浮かぶのはあの灰色狼の顔ばっか。もう他のやつなんざ呼ぶ気にもなんねえの」

「それで勝手に秘書に任命して連れ回しつつ口説いた、と」

「そう。世間を見せてやるなんて言って、本当は俺のもとから逃がす気なんか欠片もなかった。あの灰色を俺の色に染めて、俺のものにしてやると決めてたからな」

「悪い男め」

「俺みたいな軽薄野郎の中に執着心や独占欲なんて一途なものがあるとはな。自分で驚いたっての」

そんな相手と結ばれて子供まで授かったのだから幸福だ、とまでは口にしない。言わんでも伝わるだろう。俺の堂々たる惚気話をくそ真面目な顔で聞いていたエドガーは、ずっとうんうんと頷きっぱなしだった。奴には奴の片割れがいる。それこそ出会えなければ正気すら失っていたであろうほどの運命の相手が。俺の心情も分かるというわけだ。

「唯一無二、か」

「そういうわけよ。最愛の伴侶と可愛いおチビ。俺はあいつらと出会えただけですでに果報者なわけだからな、ここからはあいつらを幸せにしてやんねえと！」

「すでにリアンも幸福に見えるがな？」

「いいや足りねえな、まだまだどっさり良い思い出を作ってくぞ、あいつの辛い過去を塗りつぶしてやるくらいにな！」

そうだなとエドガーも頷いた。

心なしか笑みながら。そして俺は体を跳ね起こし、大空に向かって背伸びをする。

「どこへ行くのだ」

「今のうちに土産探しだ！　ここいらには有名な染織物があったろ、綺麗な青紫の。おくるみと外套でも見繕ってやるかな」

そして俺が歩き出すと、それは良いなと少し上機嫌な返事をしたエドガーも、のっそりと後をついてくるのだった。

自由都市同盟と僕らの旅路

序章

今日は朝から小雨（こさめ）がぱらついていた。

午前中だというのに窓の外は薄暗く、雨の降り方は弱いが雲は厚いようだ。

明日は晴れるだろうか。小さく漏れたため息を雨粒が窓を叩（たた）く音がかき消した。

雨があまり好きではないのか、窓辺で潰（つぶ）れたクッションのように平べったくなっているエスタス君を指先でくすぐりながら机に頬杖（ほおづえ）をつく。

そんな僕を見かねてか、新しいベッドシーツを持って現れたリコリスさんが尋ねてくる。

「馬車をお出ししましょうか？」

「いえ、そこまで面倒はかけられませんよ。明日、晴れたら伺いますので大丈夫です」

ここ最近はほとんど毎日のようにライナスさんのお屋敷に通っていた。

豊穣（ほうじょう）の御子（みこ）としての執務と勉強を終えた午後あたりに散歩をかねて城外へと出発、杖（つえ）をついた僕のゆっくりとした歩みでもしばらく行けば見えてくる大きなお屋敷。色彩や建材の選び方から城との一体感を抱かせる意匠のその建物は、ライナスさんが当主としてリアンさんと共に住んでいるカザーリア家の邸宅だ。

いつもはリコリスさんが護衛としてついてきてくれるが、執務がない時はエドガー様がご一緒してくれるし、時にはバイス君も来てくれる。

みんな、あの家で健やかに過ごしている小さな赤ちゃんが気になって仕方がないのだ。

こう何度も訪ねては迷惑かとも思ったが、リアンさんはいつも僕らを歓迎してくれる。

数日前に訪ねた時のことだ。赤ちゃんはご機嫌ナナメだったのかリアンさんの腕の中でわんわんと泣いてぐずっていたのだが、僕らが来たのに気づくと泣くのをやめて、真ん丸な瞳でこちらをじっと見始めた。

その様子にリアンさんはほっとしたように表情を緩める。

「赤子ながらもすでにライナス殿に似てしまったのでしょうか、妙に好奇心が強い子でして。私や屋敷の者だけでなくいろいろな顔を見られた方が楽しいのでしょう、お客様が来てくださると機嫌が良くなってくれるんです」

「本当だ、不思議そうにこっちを見てますね。やっぱり何度見ても可愛いなあ」

「今日はなかなか泣きやんでくれなかったので助かりました、コウキ様」

そこにやってきたライナスさんも、よく来たなと笑顔で迎えてくれる。

「元気なのはいいんだが、泣き声すげえだろ。赤子と向き合い続けるのは幸せだがやっぱり大変だ。リアンにも気分転換が必要だろうし、暇が出来たら話し相手になってやってくれや」

「じゃあ遠慮なく見に来ちゃいますよ」

「おう、いつでも来てくれ。なあ、リアン」

「ええ。気にかけてくださってありがとうございます、コウキ様」

……とまあそんなやりとりがあり、その言葉に甘えて僕はそのままあるい輪郭、柔らかな頬に唇、純真無垢な瞳を覗きこみに行くのが日課のようになってしまっていて、至福の時間でもあった。

そして僕以外の皆もそれは同じだったようだ。

侍女として優秀なリコリスさんも、子供くらいならばともかく赤ちゃんのお世話をしたことはないらしい。そのせいか、訪問時には興味深そうにリアンさんの育児風景を見守り、私の勉強にもなりますので良かったらお手伝いをさせてくださいと申し出ていた。

そして嬉しそうに赤ちゃんのお着替えを手伝うリコリスさんをじっと眺めて何だかときめいた顔をしていたのはバイス君。リコリスさんと赤ちゃんという組み合わせ、目の前の光景に彼もいろいろと未来を想像してしまうのだろう。

エドガー様はその神狼という特別な見た目のせいか最初は赤ちゃんに警戒されていたが、すぐに安全な相手だと分かったのか、それとも大きな犬のぬいぐるみだとでも思われたのか。最近では白い毛並みやよく目立つ立ち耳を思いっきり引っ張られたりしている。

リアンさんは慌てて謝っていたが、エドガー様は構わんと返し、どこかまんざらでもない顔をしていた。

そんな楽しいひと時の訪問なのだが今日は雨なのでお休み。

片手に傘を差して片手に杖を持つ、出来なくはないのだがけっこう疲れるし、僕のそんな状態を見たらリコリスさんがすぐに僕の傘を持ってしまって、僕はまるで女の子に傘を差させている傲慢で不甲斐ない男みたいな光景になってしまう。それはさすがにプライド的に受け入れがたい。馬車を出すと言ってくれたが、すぐ近くを訪ねるのにわざわざ馬車を出して御者をつけて全員を雨に濡らすのはさすがに忍びないし、公務でもないのにお城の人を使うわけにはいかない。

明日にしよう、と僕は気持ちを切り替える。

そうして今日は読書をすることにしたのだが、今日たまたま手に取った本は旅行記だった。鹿の獣人である著者は若い頃は傭兵として各地を渡り、老いてからは傭兵稼業を引退して純粋な旅行者として世界を眺めた。そこで見た景色や人の営み、国家の有り様や各地の文化を記録に残し、それを晩年になって書物として編纂したようだ。

空を流れゆく透明な風のように文章も軽やかで簡潔。僕は文学には明るくないが、詩の形態をとった小気味良いリズムと繊細な表現が美しい文章だと感じた。彼はきっと傭兵として戦うよりも本当は詩人や小説家が向いていた人だったのだろう。

第一章は著者の生まれた国、自由都市同盟フリーレンベルクについて書かれていた。遠隔浄化の依頼を受けたことはある地だが実際に足を踏み入れたことはなく、地図上でしかその存在を知らない。どんな場所なのだろうと思いつつ、僕はページをめくる。

本日の夕食と湯あみを終え、寝るまでの間の自由時間。エドガー様も今日はもう国王としての執務は終えられただろうかと思いつつ、執務室を訪ねてみる。するとエドガー様はまだ机に向かっていた。

「お忙しそうですね」

「ああ、今日はもう切り上げようと思ったのだがな、つい先ほど今日中に目を通さねばならん案件が舞い込んだ。それももうすぐ終わる、少し待っていてくれるか？」

はい、と返事をして執務室のソファを見ると、そこにはライナスさんとリンデンさんもいた。二人もエドガー様の書類確認、サイン待ちなのだろう。机を挟んで向かい合い、何やらボードゲームに興じている。二人の間で複数の駒が行ったり来たり、取られたり復活したり。チェスや将棋に似た遊びなのだろうが、僕が知るボードゲームよりも駒の数は圧倒的に多く、盤面も机を埋めるほど大きい。まるで本物の戦場を模しているように見える。

最初はライナスさんが動かす黒い駒の方が数が多く優勢に見えたが、それらは次第にリンデンさんが操るガラス製のような透明な駒に討ち取られてどんどんと数を減らし、ついに黒い駒が残り三つになってしまったところでライナスさんがうぐぐと唸りながら仰け反るように天を仰いだ。

「あー、ない。次の手なし。降参っ！　ちっくしょうまた負けた、もうお前とはやらない！」

「ライナス、中盤から攻め手を焦りましたね。無駄に空振りしていましたよ」

「だって前にしっかり陣形を整えてから……とかやってたら一瞬でお前になだれ込まれて終わっただろうが。今回はそうはさせねえと思ったのによお」

ちょっとした余興、たかがゲームなのだろうが真剣に悔しそうに嘆くライナスさん。恐らくライナスさんもあのゲームはかなり強いのだろう。何せ将軍として騎士団を指揮し、実際に戦争の采配を振ってきた人だ、戦術的知識がないわけがない。

しかも度胸があって勝負強いタイプの人にも見える。それを連続で負かしているのであろうリンデンさん。さすがだなあとその様子を見ていると、彼は緑豊かな長い髪を揺らして僕に会釈してきた。

「コウキ様、エドガー様をお迎えにいらしたのですか。もうすぐ仕事を終えられますので今しばらくお待ちを」

「はい、暇なのでゆっくりと待たせてもらいます。それはボードゲームですか？」

「ええ、時間潰しに。少々ルールは多いですが慣れれば面白いですよ、コウキ様にもお教えしましょうか？」

リンデンさんが言う「少々多いルール」は恐らく「平凡な人間の頭ではまともに覚えられない大量のルール」だ。僕は丁重にお断りをした。

「そう難しくはありませんよ？　ライナスもエドガー様も嗜みとして覚えていますし、バイス様も一度お教えしたらすぐに覚えてくださいましたよ」

「一度⁉　げ、嘘だろ」

ちょっと引きつった顔でライナスさんが呟く。やはりこれは上流階級の子息たちが頭脳を鍛えるための遊びであって、一朝一夕で気軽に覚えて遊べるものではないのだろう。

薄々気づいてはいたが、やはり只者ではないな、バイス君。

皆と勝負をして遊べるのは楽しそうだが、僕が永遠に累計戦績最下位を走り続けるだけだと想像がつくのでもう一度丁重にお断りした。そのうち……そのうち覚えようと問題を先送りにする。

ちなみに数ヵ月後に僕はなんとかルールブックを片手に駒を動かせるようになるのだが、やはり無数の戦術を使いこなすリンデンさんにも、時にリンデンさんをも翻弄するほどの奇抜な独自戦術を使いだすバイス君にも、意外にも堅実な戦い方をするライナスさんにも歯が立たなかった。

唯一、エドガー様だけは僕が劣勢になって悲しい顔をし出すとあからさまにオウンゴール並みの手加減をしてくれるので、エドガー様だけには勝てた。

リンデンさんは大きな木の箱に駒を片づけながら教えてくれる。

「これはもう数百年も前に自由都市同盟で作られたゲームなのですよ。当時の賢者たちが集まって考え出されたのだとか。今でも自由都市同盟の名産品の一つになっています」

「自由都市同盟、フリーレンベルク……。ちょうど今日の午後にフリーレンベルク出身の傭兵さんの旅行記を読んでいまして」

「ああ、あの本ですか。名のある傭兵として強者の目線で見た世界と、年老いて剣を置いてから弱者の目線で眺めた世界、同一であり異なる世界の対比表現が興味深いですよね」

「ええ、とても面白かったです。ですがそこに何度も出てきたフリーレンベルク、その国の印象が定まらないといいますか。何だか商業都市のように思えたのですが、工業地帯があって、でも畑作が盛んで牧歌的とも書いてありましたし、学校教育や研究機関もあるとかで……と思えば観光地もあってと結局どんな特色の国なのかあまりはっきりしなかったんです」

「ふふ、なるほど。それについては全て正解ですよ」

「全て？」

「ええ。本は確か今から四十年ほど前に執筆されたものですが、現在でもそれら全部が存在しています。小国、小都市、そして無数の村が集まり、同盟を結んで作られた群体国家です。正確には国ですらありません。ゆえに、自由都市同盟と称されます」

「なるほど、小さな国や街が集まって……それでそれぞれ特色が違う地域が同じくフリーレンベルクと名乗っているのですね」

「そうです、手を取り合いながらも溶け合わない。それがあの地域のスタンスです。面白い都市同盟ですよ。そうですね、今度のエドガー様の長期休暇に実際に訪れてみてはいかがでしょう？　御子としても良い経験になるかと存じます」

その提案に僕は思いっきり頷いた。目の前の木箱には黒曜石のような駒と氷像のような駒がずらりと並ぶ。とても綺麗だ。自由都市同盟は世界の貿易の要所でもあるらしいので、こういった工芸品を始め、きっといろいろな物が手に入るはず。そう思うと期待に心が躍った。

実はリアンさんと赤ちゃんにプレゼントする出産のお祝い品を買いたかったのだ。すでにエドガー様、バイス君と連名でベビー用品や赤ちゃんの衣類は贈らせてもらったが、実用品だけでなく、こう、記念に残る良い感じの物……具体案はないがそういう物も僕個人から贈りたいと思っていたのだ。自由都市同盟なら何か素敵な物と巡り合えるかもしれない。そう思いつつ、仕事を終えたらしいエドガー様に尋ねる。

大きく伸びをする白い狼。ずらりと並んだ牙のせいであくびをする顔も獰猛な獣に見えるが、僕にとっては愛しい伴侶の可愛らしい仕草だ。

「遅くまでお疲れ様です」

「ああ、やっと終わった。さすがに今日は疲れたが、お前がそこで待っていてくれたおかげで最後はやる気が戻ってきた。……だが、早くお前に触れたかった」

ぎゅうっと抱きしめられ、その毛並みに頬を寄せる。すると後ろでライナスさんがにやにやと笑い、リンデンさんも優雅に微笑んだ。

「おうおう、見せつけてくれるじゃねえの。そんじゃあ書類はもらってくぞ。おつかれー」

「ふふ、では後はお二人でごゆっくり。失礼いたしますね」

ゆっくり閉められるドア。しばしの静寂。雨の音が優しく夜を濡らしてゆく。しっとりした夜の気配の中、愛する人の艶やかな毛並みの感触と体温に僕はうっとりと目を閉じる。

だけど次の瞬間、抱き上げるように持ち上げられ、二人してソファに沈む。

僕はそのままエドガー様の膝の上に座る形になり、自然に互いの顔が近づく。

息遣いが感じられる距離にまで。

そうなると次は唇が欲しくなってしまうのは僕の方か、彼の方か。僕がエドガー様の首に腕を回して抱き着くとエドガー様は僕の腰を強く抱き寄せ、僕らは何度も繰り返されるキスに溺れた。

しばらくの睦み合いが終わると、エドガー様は僕の髪を撫でながら少し興奮に掠れた声で囁く。

「コウキ、さっきの話だが……」

「あ、次のお休みのことです」

「聞こえていた。自由都市同盟を見てみたいのだな？」

「お疲れの様子のあなたを振り回してはいけないと、分かっているんですけれど……」

「何を言う、我にとってお前との時間は癒やしなのだ。こうして部屋で共に過ごす時も、旅先で共に新たな体験を喜ぶ時間も、どれもが我の人生の喜びだ。ぜひ、共に行こう」

「ありがとうございます！　僕もエドガー様と一緒が一番幸せです！」

自分で言っていて恥ずかしくなり、えへへと笑ってごまかすと、額にキスをされる。

そんなエドガー様の体はどこかそわそわとしていて、そして僕も体の奥が熱くなり始めている。共に過ごす幸福、心だけでなく体もそれを求める。僕がそっとエドガー様に欲の籠もった視線を送るとエドガー様もすぐに意図を察してくれて、彼は嬉しそうに腕を伸ばし、僕を自身の寝室へと運んでくれるのだった。

一章

数日後、待ち望んだ長期の休暇。最近になってエドガー様は国王としての権限の一部をバイス君に移し始め、兄弟で協力して政治に向き合っている。そのおかげかこうしてまとまったお休みも取りやすくなった。きっとバイス君に居場所と役割を作ってあげたいという意図もあり、彼の実力と努力を認めていてそうしているのだろう。

早朝から馬車で出立した僕とエドガー様、リコリスさん、そしてエスタス君。

天気は快晴、良い旅立ちだ。実は以前から豊穣(ほうじょう)の御子(みこ)を招待したいという手紙が来ていてなと馬車の中で語り始めたのはエドガー様だった。

「自由都市同盟では、同盟に参加する全(すべ)ての国から投票で選んだ代表を集め、議会というものを開いているのだ。そこで政(まつりごと)の方針を決めたりしているのだが、そこの議長からぜひにと乞(こ)われていてな。いずれお前と共に行くつもりだったのだ」

バルデュロイやロマネーシャのような王制と違って民主政治なのか、と考えつつ相槌(あいづち)を打つ。

「では議会の方々にご挨拶をしないといけませんね」

「ああ。それだけ済ませればあとの予定はない。コウキの見たいところを見て自由に過ごそう」

「とりあえずいろいろな地域を見て回ってみたいです……。あとお土産も探したくて」

リアンさんと赤ちゃんへの記念品、その話をするとエドガー様もリコリスさんも良い物が見つかるように応援してくれた。

最初の目的地は議会が置かれている自由都市同盟でも最大の都市、元は独自の名を持つ小国であったという観光と商業の都だった。

ここは王都バレルナのような自然と人とが融和した街とは違う、人工的に整備された街。だがロマネーシャ王都のような目立つ華美さはなく、どちらかというと華はあってもさりげなく品の良い印象。きっと、昔から多くの職人がこの街の建物や道、景観の全てをこつこつと造り上げてきたのであろう歴史が窺えた。

やがて大きなパビリオンのように見える建物が二つ現れ、一つは最高議会所、もう一つは美術館だと教えられた。

ふとエスタス君は神獣なのであまり大っぴらに存在を見せない方が良いかと思い、鞄に入って欲しいとお願いすると素直に背負い鞄に入ってくれる。窮屈で申し訳ないなと思っていたのだが本人にとっては存外お気に入りの場所らしい。

そして最近は随分と重くなってきたなあ、とその喜ばしい成長をしみじみと背中で感じつつ、馬車を降りた。

議会所での挨拶はスムーズに終わった。議長さんは物腰の柔らかい中年の男性で、人間種であったことに少し驚いた。ロマネーシャ以外で人間がトップに立つ国があったとは。しかし議長さんは、自分が一番偉いというわけではなく、ただの持ち回りで担当している司会役が議長と名乗っているだけなのだと笑った。彼の白髪交じりの髪は赤茶色。僕ともロマネーシャの民ともまた人種が違うようだ。

議会には他にもいろいろな種族の獣人や竜人、あと何の種族なのか一見して分からない方もいて、ここが大陸で最も多様性に富んだ土地であることを実感する。

だが議会に一人、なぜか全身を隙間（すきま）なく覆う鈍い銀色の甲冑姿（かっちゅうすがた）の方がいる。

「あの方、こんな平和そうな街でどうして完全武装をしているのでしょう？」

「あれは甲冑ではないぞ。ああいった形状の鱗（うろこ）で、鋼竜という竜人の一種だ」

「え、う、鱗？　変わった種族なんですね……」

ん？　ちょっと待てよ……。ということはあれは、ものすごく着こんでいるように見える全裸なのだろうか……。いや、そこに深くは突っ込むまい。

「バルデュロイにもいるぞ。コウキにも会わせてやりたいのだが、我は正直なところ極力接近したくなくてな……」

「えっと、どういうことでしょう？　エドガー様がバルデュロイの方をそのように一方的に嫌悪されるというのも珍しいような気がしますが、仲が悪いとかそういう感じですか？」

「そういうわけではないのだが……。ガルムンバを訪れた時に、リアンの剣術の師は我とライナス、リコリスの師でもあると言ったのを覚えているか」

「はい、確か厳しい双子の先生がいらっしゃるとか」

「その双子が鋼竜なのだ。ただ、少し人としてどこかずれているというか……。こう、お前に害を及ぼすような者ではないのだが我のトラウマが蘇る（よみがえ）というか……。まあいずれそのうち、何かの機会があれば、必然的な事態が起きて、どうしても接触が避けられない状況になったらお前にも紹介しよう」

その嫌そうな口ぶりに僕はちょっと笑ってしまった。リアンさんとリコリスさんはそんな反応を見せてなかったことを不思議に思うが、ライナスさんはエドガー様と同じ反応だったことを思い出し、よっぽど強烈な先生方なのだろうと自分を納得させた。

そして次は美術館を見学。ここ以外にも資料館や図書館、博物館もあり、この街ではあらゆる国から入ってきた多角的な文化や歴史に触れられる。そんな理由もあって観光地として人気なのだとか。

そんな美術館のお土産（みやげ）品売り場で僕はとても良い品を見つけた。

熊と力バと雪だるまを足して三で割ったような生物を模した立派な木製の像だ。

馬車にギリギリ乗るかどうかという迫力の大きさ、堂々とした仁王立ち。何かを威嚇するように見えて、瞳には慈悲深さすら感じる。これは恰好良くて見栄えもする！

高さもエドガー様と同じぐらいの背丈があるから、その存在感は抜群だ。

玄関に良し、リビングに良し、寝室に置くインテリアとしても心を癒やし、鼓舞してくれる存在になってくれるはず。きっと、どこに置いても素敵だろう。

「あの、これ……」

リアンさんへのお土産に、と言おうとしたのだが、なぜかリコリスさんが微妙に冷や汗を浮かべた良い笑顔で僕の言葉を遮る。

「み、御子様、他にも良い物が見つかるかもしれません！　いろいろと見て回ってから決めになられてはいかがでしょう？　これはさすがに、い、いえ、その……」

いつも落ち着いているリコリスさんにしては、珍しく早口だった。そして何かを言いかけてやめてしまう。これはさすがに高価すぎると言おうとしたのだろうか？

確かにお値段はなかなかだが僕も御子として働いて、もらっているお給金を貯めてきたのだ、十分足りる。

僕のお給金については、そんなことを心配せずとも我がいるのだからと言うエドガー様を説得。そして、リンデンさんにお願いして月給制にしてもらった。

まぁ、その額が国家予算かな？　というアレでだいぶ抵抗したものの、御子様のお仕事は世界への恵みなのです、これくらい当然ですと言うリンデンさんの圧に負けてしまった。

いや、今はそんなことを考えている場面ではない。

妙に挙動不審なリコリスさんを尻目にエドガー様は微妙に視線を僕からも目の前の見事な像からもそらしている。

その姿はまるでイタズラがバレてしまって飼い主の顔が見られない犬のようで。

「そっそうだな、他も見てから決めた方が良いだろうコウキ。ここにはこんな……ではなく、これ以外にも珍しい物がたくさんある。さあ次を見に行くぞ。この像はさすがに子供が怯え……」

「エドガー様！」

リコリスさんの突然の鋭い突っ込みに、エドガー様は尻尾をぴーんと立てながら黙る。

「う、いや、何でもない」

「……あの、これは駄目そうですか？」

「いいえ、そんなことはございません！　御子様の独創的かつ前衛的、他の追随を許さぬ個性的な感性は素晴らしいものでございます！　ですのでその慧眼で、ぜひ他の品も見てからにいたしましょう？」

「ああ、悪くない、悪くないぞ。正直ライナスに送りつけて、反応を見てみたいぐらいだ。だが、ここは後からでもまた買いに寄れる。他を、他を見てからな？」

「そうですね！　せっかくの贈り物ですし、じっくり選んだ方が良いですよね。お二人ともありがとうございます」

そうして次は商業区を目指し、再び馬車へ。その車内でエドガー様とリコリスさんはどこか呆然（ぼうぜん）とした表情をし、何やら小声で相談をしている。

「リコリス、あれはどうなのだ……」

「民俗資料館や世界の珍品を収蔵した美術館などを創設されるのであればそのエントランスには良いかもしれませんね……もしくは魔除（まよ）けとして屋外に置くか……」

「密林の中に設置されて少数民族に奉られていそうだったな」

「ええ……少なくともご家庭向きとは思えな……え、もしかしてエドガー様、森の中の少数民族とは私たち樹人のことですか⁉」

「いや別にお前たちというわけでは」

「樹人はあんなダサ……斬新（ざんしん）すぎる物を奉ったりいたしません！」

なぜかちょっとした言い争いに発展する二人。ぷんと機嫌の悪そうな顔をしても可愛（かわい）いリコリスさん。微妙に焦るエドガー様。

「あの、お二人とも……さっきから何のお話をされているのですか？」

「気にするな、何でもない」

「些末事です、御子様はどうかお気になさらず」

不自然な笑顔と共に二人の声が重なった。

しばらくして道は石畳から滑らかな舗装道路に変わる。僕の知るアスファルトとは違うレンガのような質感が見て取れるが、この世界にも舗装という技術があったことに驚く。

そして街の賑わいはどんどんと増し、行き交う人も増えてきた。商業区に入ったのだ。

店がひしめき合って賑わっているといっても僕の知るアジアの下町のようなごちゃ混ぜ感の漂うガルムンバとは違ってやはりおしゃれだ。

この世界の高級品についてはよく知らないが、ハイブランドのショップらしき雰囲気の店も並ぶ。

「あ、あれ」

僕がそう声を上げると御者さんが馬車を止めてくれる。指さした先のショーウィンドウの中には下着を身に着けた中世的なボディラインのマネキン。細いリボンとたっぷりのレースで飾られたキャミソールのような形状のそれは、真っ白だが見る角度によって淡く七色に輝いて透け、本当に光そのものを身にまとっているような幻想的な生地。

……見覚えがある、というか同じ物を……持っている。

「御子様のお召し物とお揃いですね。ガルムンバから仕入れたのでしょう」

　こんな高級そうなお店で一番目立つところに置かれているなんて、本当に希少な品だったのだと再確認。恐る恐る値札を見るとゼロがこれでもかというほど並んでいたので、僕は真顔でそれ以上のコメントを差し控えた。

「予備も買っておくか。洗い替え用にもう一着あっても良いだろう」

「ええ⁉」

　エドガー様がとんでもないことを言い出したというのに、リコリスさんは普通に頷いてしまう。

「エドガー様、店内にロング丈のものもあると書いてありますよ。御子様ならそちらも愛らしく着こなしていただけるかと」

「ふむ、コウキの美しさをいっそう引き立ててくれそうだな」

　リコリスさんに案内された先には確かに同じ素材で出来たロングのソレが鎮座していた。エドガー様は興味深そうに見つめながら、ぼくとソレに交互に視線を移し、突然の妄言を吐き始める。

「な、何を言っているんですか！　別に美しくないですし、ぶっ飛んだ無駄遣いをしちゃ駄目ですっ、ちゃんと値札を見てからお買い物をしてください！」

「お前のためなら我は全てを差し出せる」

突然僕の両手を握り、真顔で見つめてくるエドガー様。その姿は神狼というより、飼い主が大好きで堪らないといった様子の大型犬。……いや、さすがにこれはエドガー様に失礼だっただろうか……。

だがしかし、

「お気持ちだけいただきます！　僕はもうあなたから十分にいろいろといただいています！　今のあなたに僕が求めるのは透けた下着じゃなくて普通の金銭感覚です……！」

必死の僕の抵抗にもかかわらず、何やら盛り上がっている目の前の神狼とメイドさん。

「御子様が身に着けられるのであればこれくらいは普通でございますよ。あっそちらにも素敵なお召し物が」

「ああ、コウキは何を着せても似合うがその白く透けるような肌を際立たせるこの衣装は本当に良いものだ。なるほど、リコリスさすがにお前はセンスが良いな。それも、城へと届くように手配を」

「かしこまりました。あとは、数点私が見繕わせていただいてもよろしいでしょうか？」

「構わん。金は惜しむな」

そうして互いに頷き合うこの世界を守護する神狼と深紅の花のメイドさん。

ああ、駄目だ。こうなってしまっては止められない。本気でこの不動産みたいな値段の服が買われてしまう……。ああリコリスさん、あなたが選んでいるそれは本当に服なので

すか？　布地が……布地があまりにも少ない気がするのですが……。

　というかあの下着はリクエストされてときどき着ているが、何もかもが透けていてきっと何もかもエドガー様に透けて見えているので本当に恥ずかしいのだ……！　心臓がもたないので洗い替えが必要なほど連続では着られないのにもしかして今後は逢瀬のたびにこれらの衣装を……。

　この羞恥を誰かと分かち合いたいと思った僕は、こっそりリアンさんのお土産に僕とお揃いの下着を買っておいてあげた。死なばもろとも。

　大丈夫ですリアンさん、きっとライナスさんは喜んでくれますよ。

　これが買えるほどのお給料を払ってくれているリンデンさんに心の中で感謝しながら、僕は目の前で次々と僕がそのうち着るのであろう衣装……いや、ほぼ下着に近いものが購入されていくのを見守るしかなかった。

　ただ、エドガー様の尻尾が今までにないほど嬉しさに全振りだったので良しとしよう。


　次に向かった商業区には庶民向けの店が並ぶエリアもあり、そこのお土産屋さんで壁に飾る仮面コレクションを見つけた。獣のようなデザインから宇宙人にも見えるものまで様々、全二十個セット。これは、先ほどの彫像と比較しても劣らない、なかなかにクールな品だ。

家の様々な箇所に彩りと華やかさ、そして子供が好きなキャラクターものに近い装飾品として楽しさ、にぎやかさをちりばめることが出来そうで赤ちゃんも喜ぶだろう。

お祝いはこれがいいですかね？　と前述の内容を含めて提案すると、他も見てからにしようとエドガー様とリコリスさんが間髪容れずに言葉を揃えた。あんなに息の合った二人を見たのは初めてだった。

そして、再び馬車に乗って移動。商業区を出て一つ丘を越え、明るい林の中の道を抜けて向かった先には青い屋根がたくさん並ぶ街が現れる。

青をベースとしたデザインの小規模な城が横にいくつも連なったような街並みは、建物同士が幾筋もの渡り廊下で連結されてまるで空中都市のようだ。

たくさんの窓にはいくつもの明かり。渡り廊下を行き交う人影。さらに街に近づいてみると周辺に佇む人々の多くが同じ恰好をしていた。

紺色のジャケットのようなものを羽織ったパンツスタイルに編み上げブーツ、ベレー帽のような帽子。背負いの鞄。人間が多めだが獣人や竜人もいて、多分見ただけでは分からない他の種族もいて……そんな様々な種族によってサイズはそれぞれ違うが、あれは揃いの制服なのだろう。

「皆さん制服を着ていますが、バルデュロイの騎士団ともガルムンバの兵士さんたちとも何だか雰囲気が違いますね。警察とかにも見えませんし……」

「コウキ、自由都市同盟は国家としての軍事力を持っていない。あれは学生だ」

そう言われてみれば納得、なごやかな雰囲気も、比較的若い人や子供くらいの年齢の人が多いのもそのせいか。

「ここは学術都市と呼ばれる区域だ。歴史や民俗学、生物学、医学、それに建築学などが有名ではあるが、やはり最も盛んなのは魔科学の研究だな」

「まかがく？　魔法の科学、でしょうか？」

「昔は軍事的にも価値のある学問だったのだが、最近はむしろ魔力を一般の暮らしに役立てるための技術開発や方法論の確立を目指しているらしいぞ」

なんとなくエドガー様の言いたいことは分かるが、その実態について深く理解は出来なかったのであいまいに返事をする。するとリコリスさんが助け舟を出してくれた。

「暮らしを便利にする魔法の道具作りを主に行っているといったところでしょうか。私たちが日常的に使っているものもあるのですが……。御子様、エドガー様、今日はこの町に宿泊するというのはいかがでしょう？　宿泊先でも魔科学の産物がきっと体験できるかと思います」

その提案に僕らは迷うことなく乗る。

魔科学……地球ではないこの世界で、何が見られるのか今から楽しみだった。

馬車はあまりに大きな学園の周囲をぐるりと一周回ってゆく。ゆっくりと進む馬車の窓から身を乗り出して風を浴びているエスタス君を見て、見た目が高校生くらいの年頃の学生たちがあれは何の生き物だ、竜の幼体、いや魔獣の子か、海獣の変異種か何かか、と議論を始める。

『ぴーぎゅ、きゅきゅっ、ぴぎぎー』

「エスタス君、楽しくお歌を歌ってるところ悪いんですけれど、あまり目立つと正体がバレちゃってマズそうです、少し隠れてもらって……」

『きゅう……？』

「うっ、そうですよね、君もお外を見たいですよね」

謎の生き物だと騒がれてしまったら珍しい爬虫類で押し通そう、と思いつつ僕はエスタス君の頭を撫でた。こんなに可愛いあたたかプチドラゴンに悲しい顔をされては駄目とは言えないのだ。エスタス君はその後もずっとご機嫌だったが、ときおり、何かを警戒しているかのように瞳孔を細めてどこか遠くを睨んでいた。

学園見学を終えて宿に向かう途中、小学生くらいの制服姿の子供たちの集団が駆けていった。その光景に僕はシモンさんの孤児院を思い出す。どちらの子供たちも同じように笑顔を輝かせているものの、その生活環境の違いは歴然だ。

幼少期からの専門学府での高度な教育、皺一つない綺麗な制服、鞄いっぱいの教科書。

子供たちを迎えに来たのは各家庭の使用人たち。ここの子供たちは相当に裕福な家庭の子たちなのだろう。

　僕が生まれ育った場所では誰もが学校に通うことが出来た。この世界にも、余裕のない境遇の子たちにまで教育が行き届く時代が来るのだろうか。世界に豊かさをもたらす豊穣の御子として、少しでもその手伝いが出来ればと思う。

「コウキ、お前は考えていることがすぐに顔に出るな。だが、そのように一人で全てを背負う必要はない。バルデュロイにシモンのような境遇の者がいることは我の不甲斐なさだ。だが、これからだ。我とお前がその手を離すことがなければ、この世界に生きる者たちに出来ることはこの先いくらでもあるのだからな」

「っ……僕はそんなに分かりやすかったでしょうか？　傲慢な考えだとは思います。ですが、自分の元いた世界――自分の住んでいた国やあの子たちを見ているとどうしても考えてしまう部分があって……」

「お前の世界、お前の国か……。そういえば今まであまり聞いたことがなかったな。語るのが辛くなければ今度聞かせてくれるか？」

　僕の手を取り見つめるエドガー様の瞳は優しい。それに過去を思い出させることに戸惑いを感じているその心遣いが何より嬉しい。

「はい、ぜひ聞いてください。僕の世界のことも、僕が大切にしていたもののこともあなたたちには知っておいて欲しいので」

「その際はよろしければぜひ私とリンデンにもお話をお聞かせくださいませ。特にリンデンは聞きたくて、ずっとうずうずしているようですので」

「そっそうなんですか⁉　それなら早く言ってくれれば良かったのに」

「知識欲とお前への気遣いの狭間で悩んでいたのだろう。たまにぶつぶつと独り言を言ってたぞ」

「ええ、あの人はそういう人ですから」

そう言って微笑むリコリスさん。その笑顔は、従兄弟を思ってなのかどこか柔らかい。

「ですが、本当に大きな学校ですね……いろいろな分野のことが学べそうでちょっと興味深いです。それにリンデンさんとか喜びそうなところですよね」

「昔、何年か在籍していたぞ。最初は留学生として講義を聞いていたらしいが、そのうち講師や教授と討論を始め、最終的にはなぜかリンデンが講義をしていたと聞く」

「講師の立場を乗っ取った⁉　い、いろんな伝説を作っていそうですね、リンデンさん」

いつからかバルデュロイで宰相を務めているリンデンさん。それはエドガー様のお父様の代より前という噂すらある。謎多き樹人にまた一つ新たな謎が生まれてしまった……。

その夜、泊まった宿もまた青い屋根の可愛らしい建物。西洋のおとぎ話に出てきそうな少しメルヘンチックな印象だ。ロビーの内装もどことなく絵本チックで、そこに佇むエドガー様の姿は、正直、赤ずきんのおばあさん宅にやってきた悪い狼のようだった。

しかしそんなメルヘンさとは裏腹に魔科学という技術が浸透した宿は不思議でいっぱいだったのだ。

まず、部屋に入ると勝手に明かりが灯った。センサーライトだ！　しかも光量がすごい。滅茶苦茶眩しい……！

さすがにこの眩しさはどうにか出来ないのかと宿の人に相談すると、近づいた者の魔力に反応して点くんですが、お客様がたの魔力が強すぎるせいですね、感度を限界まで下げておきます、と笑いながら明かりを調節してくれた。豊穣の御子と神狼と神獣と樹人の魔力だ、魔力を感知するセンサーライトもさぞビックリしたことだろう。

エスタス君と一緒にお風呂に入るとシャワーがあって驚いた。バルデュロイの城でも手桶でお湯をかけているというのに、さすがは魔科学だ。しかしシャワーはノズルだけが壁にちょこんと引っかかっていて、水道管に繋がるホースが見当たらない。不思議に思いつつノズルを手に取ると、どこにも繋がっていないそれから急にお湯が噴き出した。

「うわわっ⁉」

『ぴぎゃん！』

驚きのあまりノズルを落としかけ、シャワーのお湯は覗きこんでいた僕の顔面を温かく濡らす。何これ、どこから水が供給されているんだ……⁉　まさかこれは持っている人間の魔力をお湯に変換する魔科学道具なのか⁉

……つまり魔力切れを起こしたらシャンプーの途中であってもお湯が終了してしまうのだろう。

「うん、驚いたけどすごい技術だね。エスタス君、洗ってあげますから、そこに座って……そうだ、ちょっとお口を開けてこれを咥えてみてくれますか？」

興味本位でエスタス君にノズルを咥えさせてみると、案の定シャワーはジェット噴射と化した。エスタス君はびっくりして固まり、狛犬のようになっていた。

翌日は自由都市同盟の中でも北部を目指す。

そちらには多くの鉱山が点在する山脈があり、そのふもとに工業都市が広がっているらしい。最大の産業は製鉄。続いて貴金属の冶金。

工業都市も昔は一つの小国だったのだが、多くの資源を産出してしまったがゆえに周辺のあらゆる国から侵略を受けたという悲惨な歴史のある地域でもあるとエドガー様が教えてくれた。

その説明から僕は歴史の授業で習った産業革命時のヨーロッパのような光景を想像したが、実際に現れたのもそれに近いであろう光景。山肌にぽっかりと開いたいくつもの坑道の入り口、並ぶ工場、街中を縦横無尽に走るトロッコのレール、黒ずんだ煙突の群れ。

ごうんごうんとどこからか低く響く機械音が怖いのか、エスタス君は背負い鞄からあまり顔を出さなかった。

行き交う様々な種族の男たち――特に獣人が多いように思えるが彼らは皆、汚れた作業着姿でスコップを担ぐ。けれども労働者たちは一様に明るく、やりがいに満ちた生き生きとした表情で道を行く。鉱山労働も製鉄工場勤務も楽ではないと思うのだが、屈強な獣人たちはこの手の業務が嫌いではないのかもしれない。

「ライナスさんなら、この町で暮らしても働き手たちの良き兄貴分になっていそうですよね。想像すると作業着姿が予想以上に似合ってしまって……なんだか申し訳ない気持ちです」

「そうですね、あの無駄に生命力の強い頭金ぴか麦畑将軍でしたら世界中どこへ行っても無駄にしぶとく生きていくでしょう。きっと、あの無駄に金ぴかな髪の毛と作業着は没落した貴族のようできっと無駄によくお似合いになると思います」

「あはは、確かに」

四回も無駄って言った……。その横でエドガー様も煤色（すすいろ）の町を眺めて感慨深そうに頷いている。

「我ももし一般の家庭に普通の獣人として生まれていたら、こういった暮らしを選んでいたかもしれんな。頭を使うより体を使う方が得意なのだ、本当は」

「僕は腕力には自信がないので鉱山仕事は難しそうです……。でも工場で機械の技師とかやってみたいですね、恰好良いと思います」

そう主張すると、エドガー様は照れた顔をしながら僕を見つめる。

「どこで生まれ育っても、仮に互いに神狼と御子でなくとも、我と出会って同じ場所で暮らしてくれると言うのか……コウキ……！」

「えっ、そういう、あ、はい、もちろんです！」

急角度から突然愛を語られて驚いたが、エドガー様が感激してくれてちょっと嬉しかった。きっと僕らは神狼と御子でなかったとしても、こうして巡り合って繋がったのだろう。

そんな不思議な確信が、僕らの間にはあったのだ。

二章

工業都市を出て、大きな河を下って東へ。

途中、河を塞(せ)き止める大きなダムがあった。しかしそれは発電のためのものではなく、工業都市の排水を魔科学で浄化してから自然へ還(かえ)すための設備であるらしい。

聞けばあの街の排水は工場ですでに一度ちゃんと無害化されていて、このダムでは念のための二度目の浄化をしている。煙突から出ていた排気も浄化済みのただの水蒸気なのだとか。

ダムの職員さんは語る。この地方には大地を守護する神獣がいるとの伝説がある。フリーレンベルクの民は大地を汚してはいけないのだ、と。

走り出した馬車の中、僕の背負い鞄(かばん)がもぞもぞと動いてエスタス君がぴょこんと飛び出した。さっきの神獣についての話が聞こえていたのか、ぶんぶんと尻尾(しっぽ)を振りながら真剣に僕らに何かを訴える。

『ぴっぎゅ！　ぴっぎゅ！』

「もしかして会いに行きたいって言っているのですか？」

『きゅー！』

「東の大地を守る神獣さん……もし本当にいたとして、エスタス君と会わせても大丈夫なのでしょうか？　神獣にはそれぞれ縄張りがあるらしいですし」

僕の質問にエドガー様もリコリスさんも迷った様子を見せる。

「本来なら生息域が被らない生き物だ、不用意な接触は避けるべきだろう。争いになるかもしれん。だがさっきからのエスタスの様子からして、何かを察知しているようにも見えるな」

「ええ。エスタス様は、会いたいというよりは会わないといけないとおっしゃっているように見えます。東の神獣の御身に何かが起きているのかもしれません」

リコリスさんの言葉に僕は嫌な予感を覚える。先代の神獣エスタスは神格ごと腐り果てて神獣ではないものに変わってしまい苦しんでいた。もはやエドガー様が一度その命を断ちきって転生させるしか救う道がない状態だったのだ。もしかすると東の神獣も同じような状況に陥っているのでは……⁉

『ぴぎゅあ！』

行こうとエスタス君は言っている。きっと。

「エドガー様」

「ああ、それならば実際に神獣を確認した方がいい。まずは神獣の居場所について情報を持っていそうな者を訪ねよう」

「議長さん、とかでしょうか」

「いや、こういった話ならば冒険者だ。冒険者ギルドをまとめるギルドマスターの獣人がいる。面識はないが頼りがいのある男だと聞く、突然の訪問にも嫌な顔はせんだろう」

突然飛び出した冒険者やギルドというファンタジーな単語に僕は思わず食いつく。

「冒険者って本当にいるんですか⁉」

「ああ。冒険者とそれを統括するギルドの存在は自由都市同盟の特色の一つだ。軍事力を持っていないと教えただろう。都市同盟の防衛を担うのは冒険者たちだ。他にも傭兵や要人警護、未開の地の探査や魔獣の駆除、報酬次第で何でも引き受けているそうだ」

「パーティーを組んで活動したりとかもするんでしょうか？」

「そうだな。個人活動の者もいれば、徒党を組む者たちもいる。冒険者はギルド本拠地にて能力や資質を測定され、ランク付けをされて管理されているな」

すごい、完全にファンタジー小説やゲームの世界だと何だか感動する。そんな冒険者たちの長である存在、ギルドマスター。確かに何かしらの情報を持っていそうだ。

さっそく僕らはギルド本拠地がある自由都市同盟の中心部を目指し、馬車を走らせた。

＊　＊　＊

ギルドの本拠地は昔、国境を守る砦(とりで)であったという石造りの堅城を流用して存在していた。そびえ立つ灰色の砦には赤い旗が掲げられ、その旗には白と金色の刺繡(ししゅう)で剣と槍(やり)と翼が描かれた紋章がある。

武力や自由な立場を象徴した彼ら冒険者のシンボルマークなのだろう。

出入りする人々はやはり荒事を得意としていそうな大柄な獣人が多く、皆、思い思いのファッションや装備を身にまとう。あるパーティーは魔獣か何かの大物の首を上げたのかボロボロでありながらも嬉(うれ)しそうに肩を組んで帰還し、ある一人の冒険者は採集物をどっさりと詰めていそうな大きな革袋を肩に担いで鼻歌を歌いながら歩く。

周囲には多くの店や露店が軒を連ねる。冒険者に向けた道具や武具の販売、また逆に冒険者が獲(と)ってきた素材の卸売りをしているようだ。観光客や行商人の行き来も多い。

見慣れぬ物が並ぶ店先をきょろきょろと眺めつつ、僕らは馬車を降りて本拠地へと向かった。

ギルド本拠地内は酒場を兼ねているのか、客席やカウンターが並んでいて煙草(たばこ)とアルコールが強く香った。オレンジ色のランプが天井からいくつも吊(つ)るされているが全体的に薄暗い。

煙草の煙が強すぎて少しだけむせてしまう。

「コウキ大丈夫か？」

「大丈夫です。昔から煙草はあまり得意ではなくて、ちょっと肺に入っただけですから」

「いけません御子様。これをお使いください」

そう言ってリコリスさんが差し出してくれたのは、鮮やかな刺繍の入ったハンカチ。それで口と鼻をふさぐと、爽やかなハーブの香りがした。

予想通りあまり治安の良さそうな場所には見えなかったせいか、ギルドの奥へと進むのと同時に、さっきまで後ろに控えていたリコリスさんがさりげなく僕を周囲から隠すように前に立つ。

見た目は可憐なメイドさん、中身は優秀すぎて少々過激な武術の使い手でもある。今日もリコリスさんの豊穣の御子に対する過保護は通常運転だ。

僕らが現れると周囲はあからさまにざわついた。僕はともかく、神狼のエドガー様、美貌のメイドのリコリスさんがあまりに目立つのだ。そしてやはり中には世界を巡る情報通もいたのだろう、冒険者の中の誰かが即座に声を上げた。

「ありゃあバルデュロイ王の神狼じゃねえか」

「それに、後ろの黒髪は豊穣の御子だろう？　なんでこんなところにいるんだ？」

「それにしても前の樹人の姉ちゃんは別嬪だな。一杯おごるぜ？　つきあわねぇか？」

予想通りあたりは一気に騒然とした雰囲気になってしまう。どうしようかと戸惑う僕を後目にエドガー様とリコリスさんは平然とした様子だ。

「おおい、あんた方！　ちょっといいか」

そんな中、ギルドの奥から出てきた初老の男性が焦った様子でエドガー様に話しかける。

「こっち、こっち。あんた方にそんなところにいられたら騒ぎになっちまうだろうがよ」

案内された先はギルド奥の個室だった。そこは来客用の応接室であるようで、大きな窓のおかげで明るかったし煙たくもなかった。

初老の男は僕らをソファに座るように促し、テーブルに茶を並べていく。

「神狼の旦那は酒の方が良かったかな？」

「いや、飲みに来たわけではないのだ。すでに露見しているようだが一応名乗ろう、バルデュロイ王エドガーだ。こちらは我の伴侶であり豊穣の御子のコウキ。そして、樹人のリコリスだ」

「ホンモノなんでしょうな。あなたのお姿がその証拠だ……。自分はここの管理官の一人のアゼンダってモンです。生まれながらの冒険者で、悪いが高貴な方に対する言葉遣いなんか知らんもんでね、ご容赦願いますよ」

「構わん。私用での訪問だ、気を遣わないでくれ。急に訪ねておいてすまないが、ギルドマスターに用があって来たのだ」

「オルガさんなら議会に出かけておられますぜ。もうしばらくで戻る予定ですがね」

「戻り次第、話がしたいのだが」

「でしたらオルガさんが帰ったらここの屋上にある鐘を鳴らして合図しますんで、それまで街中で時間を潰したらどうですかね。ここにいてもらってもいいんですが退屈でしょうし、向こうは煙草臭いんでね」

そう言ってギルド管理官さんは皮肉げに笑った。上品そうなあんたらが長居するような場所じゃあないよ、と言いたげだった。


アゼンダさんに勧められた通りに一度外へと出た僕らは冒険者の街の散歩を楽しむ。風変わりな店が多くて面白い。そういえばリアンさんへのお土産探しの最中だったと思い出したので、何か良いものはないだろうかと見て回ることにする。

武器屋の前を通りかかると、そこの杖のお兄さん、これなんかいかがですか！　と営業トークを投げかけられる。

見せられたのは一見普通の木製の杖。だが中に刃が隠されていて抜刀できる仕込み杖だった。そんな暗殺道具は要らないし、お土産にも出来ないのでやんわりとお断りをする。

するとすかさず隣の露店のおじさんが寄ってきて、新作だよ、一本試してみない？　と煙草を差し出してくる。これも遠慮しておこうとしたが、僕が断るより早くリコリスさんがお断りを入れた。

この世界でも煙草はちょっと健康に悪い嗜好品扱いなのだろう、僕の健康を害するものをリコリスさんが許すわけがないのだった。

良いもの、粗悪なもの、ちょっと危険なもの、そんなものがあちらこちらに散見するちょっとスリリングなこの街のショッピング。ふと覗いた雑貨屋さんで僕はついに今までで一番直感に訴えてくる素敵なお土産を発見する。

魔科学を利用して作られたという玩具、低空をふよふよ飛ぶトンボだ！　周囲の魔力を感知して、自動でふわりと二十センチほど浮いて気流に乗って部屋の中をゆっくり回ると書いてある。これは本当にすごい、赤ちゃんも大喜び間違いなしだ！

トンボといっても大きさは一メートルくらいあって物足りなさはない。存在感抜群だし、どことなく哀愁を帯びたおじさんみたいな顔も、子供の守り神のようで芸術的だ。

そして、妙に肉付きのいい脚もなんだか微妙に多くて十本も生えていてお得感がある！自分はただのトンボではないことの強いアピール、まさに芸術性が詰まったこれこそ子供のための玩具にふさわしいという以外の言葉が見つからない。

背負った鞄から顔を出すエスタタス君も脚が十本もある巨大なトンボを見て瞳を輝かせている！

「エドガー様、リコリスさん！　これ！　これにします！　ライナスさんのお屋敷は広いですし、これが飛んでいても邪魔にはなりませんよね？　絶対喜ばれると思うんです！赤ちゃんが見ても楽しいでしょうし、こうしてふわふわ飛んでいる姿は育児に疲れたリアンさんとライナスさんを癒やしてくれると思いませんか!?」

「え、そう、だな？　うん……コウキ、悪くはない……ぞ……？　きっと……？」

エドガー様が急に言語の習得があやふやな人みたいになってしまった。

「え、ええ……御子様のお土産選びに間違いなどありません。御子様の感性は、我ら樹人と共に……。御子様が素晴らしいと思われるものは皆素晴らしい！　そうです、これは間違っていない、間違ってなどいない……!!」

リコリスさんはなぜか急に自分で自分を洗脳しようとしている人になってしまう。

二人ともどうしてしまったのだろう？

「玩具といっても大人が部屋に飾っても良いくらいおしゃれなデザインですし、癒やされますよね、これ。あ、エドガー様のお部屋用にもう一つ買います？　リコリスさんも、よろしければ日頃お世話になっているお礼として、僕から贈らせてもらってもいいですか？」

「ひっ!?」

「ひぃぃっ！」

エドガー様とリコリスさんが今までに聞いたこともない怯えた声を上げたように聞こえ

たが気のせいだろうか？　その時だった。ごおん、ごおん、と遠くで金属質な音が響く。ギルドマスターさんが帰還した合図の鐘の音だろう。

「よしっ!!　合図だ!!　さっそくギルドへ戻るぞ!!」

「ええ!!　ギルドマスターをお待たせしてはいけませんし、さあ行きましょう御子様！」

「あ、あのお土産を買ってから……」

「後にしよう、コウキ。むしろ奇怪な怪物の玩具のことはもう忘れてくれ……」

「え？　なんで忘れて……」

「エドガー様っ!!　御子様、違うんです。一度ちょっと置いておこうという意味です。この玩具は売り切れたりしません。絶対に、確実に。ですので一旦こちらのことは忘れてまずは当初の目的を果たしましょう、とエドガー様はおっしゃっているのです」

「ああ、そうですね。本来の目的を忘れてはいけませんね。確かに、三体も買うと荷物になりそうですし後にしましょうか」

　僕がそう返事をすると、二人はなぜか胸を撫でおろしていた。


　再びギルドの本拠地へ。

　バーカウンターのある大部屋の中心にいたのは周囲よりも頭一つ抜けた大柄な獣人。

上等そうな革のロングコートを羽織り、頭にはハンチング帽のようなもの。白い手袋、汚れのない革靴。貴族の旦那様風に着飾ってはいるが、着衣の上からでも分かる分厚い胸板や太い首や二の腕の感じは、どう見ても普段から優雅に生活する者のそれではない。

向こうもこちらにすぐに気がつく。帽子のつばの下からこちらを捉える眼光は暗がりの猫の目のように獰猛にきらめく。彼がギルドマスターのオルガさんなのだろうか。縞模様の尻尾を揺らしながらこちらへと歩み寄る仕草も自然に見えて、妙に隙がない。

「お初にお目にかかる、と挨拶をすべきかな。遠路はるばるお越しになったバルデュロイ王よ」

「直に言葉を交わすのは初めてだな。だが貴殿のことは何度も見てはいる。我がフリーレンベルク議会を訪ねれば貴殿もよくそこにいるし、数年前に議長がバルデュロイを訪問した際も貴殿が護衛を務めていたであろう。名声は聞いているぞ、オルガ・ノルガイア殿」

「ほう、他国のたかが一兵の顔までよく見ておられる」

「……貴殿ら冒険者は自由を愛し、兵と呼ばれるのを好まぬと聞いているが？　それにあの頃の我に『血染めの狼王』と呼ばれていた頃の我に、面と向かって殺気をぶつけてきたのはそなたぐらいのものだ。忘れようはあるまい」

エドガー様が少し不思議そうにそう返答をすると、オルガさんは低い笑い声をこぼした。

「確かにあの頃は要注意人物と警戒していたものでね。その印象がどうにもぬぐえていなかったが……他者を見てその心情を量れる。存外まともな王ではないか、バルデュロイ王。試すような物言いをしたことは詫びる。俺もここの連中も真っ当な礼儀というものを知らんのでな、悪く思わないでくれ」

そのオルガさんの発言に対し、後ろにいた管理官のアゼンダさんがぼそりと突っ込みを入れる。

「もうそれは言った」

「はは、そうだったか」

「ここは我の国ではなく、貴殿は我の配下ではない。対等に接してくれると助かる」

そんな出会いの言葉を交わし、アゼンダさんが退出して、改めて僕らとオルガさんはソファに座って向かい合う。

「そちらのお二人にも挨拶をしておこう。オルガ・ノルガイア、フリーレンベルクで生まれ育った冒険者だ。今はギルドマスターを名乗っている。これはあれだ、面倒だがまあ誰かがやらねばならん。外れクジも必要があって存在しているというわけだ。俺自身はただの無数の冒険者の中の一人として扱ってもらいたいのだがな」

薄く笑みながらそんなことを語るオルガさんが帽子を取る。その下から現れたのは淡いスミレ色の髪に黒い毛の束がまばらに交じった涼しげな虎縞模様、丸みのある猫科の耳。

虎の獣人……しかし本来なら山吹色であるべき部分が薄い青色なのだ。僕の視線にすぐに気がついた彼はぴくぴくと青い獣耳を動かしてみせた。

「普通の虎の獣人の家系なんだが、どうしてか俺の一族は皆この色で生まれてくる。祖先に氷竜か水竜の血でも混じっているのではと言われるが、実際の理由はよく分からんのだよ」

「素敵だと思います……。あ、自己紹介が遅れました。モリムラコウキと申します。コウキと呼んでください。バルデュロイで豊穣の御子……をやっています……という言い方でいいんでしょうか……。隣はリコリスさん、僕の世話をしてくれている人です」

「コウキ、大事なことが抜けているぞ。我の伴侶だ」

「エドガー様。たっ確かにそうですけど……」

僕とエドガー様のやりとりにオルガさんはどこか郷愁に満ちたような視線を向けてくる。

そして、僕とリコリスさんが一礼すると、向こうも同じように頭を下げてくれた。

「豊穣の御子と神狼か……。仲が良いのはいいことだと思うがな。それにしても素敵か。妙な色だとはよくからかわれるが。鳥類以外で青い毛色の獣人など、鏡の中と身内以外には見たことがないしな」

「そんなことないですよ。オルガさんは、恰好良いと思います」

「お褒めにあずかり恐縮。だが、そちらの神狼殿が随分と怖い目でこちらを見ている。あまり、他の男を軽々しく褒めない方がいい。それに青い虎は俺で最後になりそうだ」

「え……どうしてですか？」

「子供を作る予定がない。恋人が可愛いオス猫なのだ」

「あ、同性同士の恋人さん……それなら大丈夫です。望まれるのでしたら授かる可能性がありますよ。生命の大樹の実の話はご存じですか？」

「これでも耳は早いのでね。しかし容易く量産できるわけでもない貴重な品なのだろう。生命の大樹はこの世界そのものだ。誰のものでもないということに一応はなっているが、実質、周辺の土地を持ち、その維持と管理を行っているバルデュロイの持ち物も同然。大樹の果実は他国の人間にまで行き渡りはしまいよ」

「すぐにというわけにはいかないかもしれません。でもいずれは……」

「恋人は病気でね。明日にも死ぬかもしれないのだ。間に合わんな」

「そ、それは……っ！　もしや枯死の病ですか⁉　それなら僕が！」

「御子様が病人を治癒して回っているというのも知っているが、残念ながらうちのは先天的な内臓の病でな。枯れる病とは関係がないんだ」

だとしても僕の血を使えば治癒が出来るかもしれない。けれどもその話は他国の人間に明かしても良いのだろうか？　僕の体液の話が出回ったりしたら、僕の身柄は世界中から狙われることになるかもしれない。そんなことになったら実際に危険に晒されるのは僕を守ろうとしてくれるエドガー様やリコリスさんだ。皆に迷惑はかけられない。

だけど、オルガさんは悪い人には見えないし……。僕に出来ることがあるのならば、それが平等なことでないとしても僕は目の前の人を救いたい。

困った僕が押し黙ると、オルガさんは小さく笑い出した。

「ははっ、単純だ。だが心優しく良い者ではないか、豊穣の御子よ。異界から召喚された人間だと噂を聞いていたんでね、得体の知れないやつかと思っていたが想像よりも単純で可愛らしい」

「え、え？」

「すまん。全部嘘だ。架空の恋人を真剣に心配してくれて礼を言う」

「全部、って、僕の人間性を試そうとしたってことですか⁉」

「そういうことだな。親切でお人好し。だが出来ることと出来ないことをわきまえている。困って黙った。具体案もなくペラペラしゃべる理想主義者でもなければ軽率でもない。良い御子ではないか」

合格だ、気に入ったぞ、とばかりにオルガさんは僕を評価してくれているようだが、隣でリコリスさんの視線が鋭く凍り付いている。完全に氷点下だ。お前ごときが御子様を試すような真似を、と言わんばかりだ……！

早急に話題を変えねばバトルが勃発しかねない、本当に青い虎の血筋がここで終わってしまう、と思ったのはエドガー様も同じだったのだろう。それを遮るようにあえて声を上げる。

「オルガ、我が伴侶をあまり困らせてくれるな。コウキは素直すぎて真面目（まじめ）すぎるのだ。我らのような欲や打算にまみれた者と同じではない」

「それはすまなかった。いや、本当に申し訳ない、御子殿」

「いえ、僕は構いません。それより……」

本題を、とエドガー様へ視線を投げる。

「ああ、そうだな我々の訪問の理由なのだが」

「そういえば、確かに。神狼と豊穣の御子殿が冒険者なんぞに用があるとはどういうことだ？」

「この地の神獣についてだ。様子を確認したい。貴殿ならば居場所か、それに関する情報を持っているのでは、と考えて訪ねたのだ」

「神獣の居場所、か。知らんな」

「本当か？　何も知らないということはあるまい」

「……バルデュロイ王。フリーレンベルクは国ではないが、それは内政干渉というものだ。東の事情に西が首を突っ込むのは遠慮していただけるか？」

「大樹と同じく神獣もまた誰のものでもなく、どこかの国に属するものでもない。あれは純粋にこの世界の一部だ。我とコウキは神狼と御子として、神獣を心配しているだけのこと」

そう前置きし、エドガー様は語った。西の森の神獣エスタスは生きながらにして腐敗してしまっていたこと。自分がその命を一度断ち切ったこと。そして、僕の浄化によって正常に転生が出来たということを。

当たり前だがオルガさんはいぶかしむ。

「信憑性(しんぴょうせい)のない話だな」

「証拠はこれだ」

エドガー様は僕の背負い鞄を開けて中からエスタス君を取り出した。僕らの話が長かったせいかエスタス君は寝ていた。抱き上げられてもお昼寝モードは解除されず、すうすうと寝息を立てている。

「転生した神獣エスタスだ」

「……それが、か?」

「本物だ。貴殿ほどの者が本質や魔力を見抜けんわけはあるまい。これが、ただのトカゲに見えるのか?」

そう告げられるとオルガさんはわずかに表情を変え、真剣な眼でエスタス君を眺める。

「……しかし転生したといっても、あの巨大な神獣がこんな小さなトカゲになってしまうものか……？」

「つまらんことでぼろを出したな。知らんと言ったがやはり嘘か。巨大な神獣、と言ったな？　貴殿は神獣の居場所に心当たりがあるどころか、神獣そのものを見たことがあるな？」

「おっと、口が滑ったな」

はあ、と面倒そうにため息をつき、そしてオルガさんは語る。

「……バルデュロイ王国か、あまり借りを作りたくはない相手だが仕方がない。本当はこれ以上先送りに出来る問題でもないのだろう。ここは神狼と御子の手を借りるとしようか」

「やはり問題が起きているのか」

「ああ。東の神獣、大地を守護するフォシルは冬眠とでもいうべき状態でな。そのまま永眠になるのではないかと危惧していたところだったのだ」

見てみたほうが話は早い、ということで僕らとオルガさんはさっそく出発することになった。

準備をすると言って一度ギルドの二階へと消えた彼は、議会出席用の上品な服から冒険者らしいマントを羽織った軽装姿に着替えて戻ってくる。その姿を見てもやはり体格が良い。エドガー様やライナスさんもそうだが、彼ら大型の肉食獣の迫力は何度見ても感嘆するばかりだ。

馬車に乗り込むとオルガさんが地図を広げて御者に道を指示する。走り出した車内ではまだリコリスさんがオルガさんに絶対零度の視線を送っていた。

「さて行き先だが、ここから南下した先にある山脈にぶつかったらそこから東へ。その先には森林帯があるんだがそこから地下鍾乳洞(しょうにゅうどう)へ入れる。森林帯は冒険者ギルドの特別管理区として封鎖中、一般人は入れないようにしてある。その最奥にいるのが神獣フォシルだ」

「遠いんですか?」

「途中で一泊だな。明日の早朝には着く」

「なるほど……それで、フォシルさんの容体は。先ほど伺った限りでは、ずっと眠っているということですか?」

「そうだな。俺を含む冒険者パーティーがフォシルを発見したのは今から二十年以上前のことだ。その時すでに眠っていた。今もそのままだ。だが感じられる魔力が明らかに減り続けている」

「それは心配ですね。出来るだけ急いで見に行って、僕らでなんとか出来ないか考えてみましょう」

ふむ、とエドガー様も頷(うなず)く。

「エスタスのように自我を失って暴れてはいないということか」

「そういうことが起こった記録はないな。腐ってもいない。胴の長い竜の姿なのだが、むしろ化石のように固まってしまっている。動く様子は確認されていないのだ」

僕らは神獣のことも含め、雑談をしつつ旅路を行く。途中、馬車の揺れで目を覚ましたらしいエスタス君がぱちりと両目を開けた。そこでやっと馬車の中にいる知らない虎獣人に気づいて、ちょっと驚いたリアクションをとりながら僕の背中側に隠れてしまった。

『ぴぎぎっ！』

「威嚇しなくても大丈夫ですよ。この方はオルガさんです、虎さんですよ」

『ぴぎー……ぎ？』

「そうです、大丈夫です、旅の仲間です。これから一緒にフォシルさんに会いに行くんですけれど、エスタス君は神獣のフォシルさんを知っていますか？」

『ぴーぎ！　ぴーぎ！』

なんとなく知っていそうな感じだ。直接会ってはいないが、神獣として本能的に互いの存在を知ってはいるという間柄なのだろうか。

「では会えるのが楽しみですね。フォシルさん、あまり具合が良くないみたいなんです。助けてあげられるといいんですけれど」

そう言って僕はエスタス君を膝に乗せ直したのだが、その温かい体はどこかいつもより緊張しているように感じた。

それから丸一日ほどの旅を経て、ついに森林地帯にまでたどり着く。そこはじっとりとした重たい空気とかすかな霧をまとう薄暗い森。

バルデュロイ周辺の森はまさに緑が競い合うように生い茂っている印象だが、こちらの森はどこか全体的に茶色が目立つ。葉が枯れているのだろうか？

僕は近くにあったベージュ色の木の葉を一枚つまむが、感触は普通の葉っぱだった。枯れているのではなく、もともとこういう色の葉であるようだ。

封鎖していると聞いた通り、やはり森へ近づける道は木製のバリケードのようなもので封鎖されている。しかし乗り越えようと思ったら梯子の一本もあれば越えられそうな程度の柵なので、本当に一般人の立ち入りを防ぎたいというよりは、入るなら自己責任だぞ、ギルドはちゃんと駄目だと警告したからな、という意味のバリケードなのだろう。

途中、監視小屋らしきものが現れる。そこからひょっこりと顔を出すのは冒険者らしい犬耳のおじさん。片腕を三角巾で吊っている。骨折か何かで冒険者としての活動は休養中、その間ここに座っているバイトを引き受けたのだろうか。

「あれ？　月命日にゃあまだ早いじゃねえか、青毛の旦那ぁ」

オルガさんも軽く手を上げて挨拶をする。

「別件だ、今日は墓参りではない。通らせてもらうぞ」

「はいはい、記録帳につけときますよ。旦那とあと三人、……ほう、そっちの狼の御仁は……まぁた面倒くさそうなのを連れてんじゃねぇの」

「ああ、国王陛下だぞ？　無傷で帰さねばバルデュロイと戦争になりかねん。面倒といったらないな」

そんな会話をしつつ肩をすくめるオルガさん。犬のおじさんはけらけらと笑う。どこへ行っても賓客としての扱いを受けてばかりのエドガー様だ、堂々と面倒な客だなどと言われるのは貴重な体験だったのかちょっと目を丸くしていた。

そして……月命日、と言っていた。この森に誰かのお墓があるのか。

ギルド本拠地からかなり遠いこの場所まで毎月通っているということは、きっとオルガさんの大切な人が眠っているのだろう。もしかして、僕を試したと言ったあの話は……。

そんなことを考える間もなくオルガさんは進む。先頭をオルガさんとエドガー様が固め、最後尾をリコリスさんが警戒、僕は真ん中を歩き、エスタス君が僕の横につく。そのフォーメーションで森を進むが、鳥のさえずりも聞こえなければ飛び交う羽虫も少ない。

やはりあまり生命力の感じられない森だ。一応道は造られているので進むのに苦労はしないが……。

「皆、あまりその辺の樹や花に触れるなよ。毒草が多いことで有名な森なんでな」

「そうなんですか！」

さっき触ったのはたまたま毒草ではなかったのか。不用意な真似をしてはいけないな。

「エスタス君も気をつけてくださいね、毒なんですって……あぁっ！　もう食べてる！」

こっちを見上げるその口元はもぐもぐと動いていて葉っぱがはみ出している！

「駄目ですよ！　出してくださいエスタス君！　ぺってして！」

『んきゅっ？』

慌てる僕と不思議そうな顔をするエスタス君。それを見てオルガさんが言う。

「御子よ、慌てるな。多分問題はない。毒草も自然の一部だ、この大地の自然が神獣を傷つけたりはしないだろう」

「でも以前、僕が受けた毒を食べてこの子も死にかけたんです！」

それに答えたのはリコリスさん。

「あれは人工的な化合物でした。ですのでエスタス様にも害があったのかもしれません。むしろ、御子様が毒で受けたダメージや苦しみそのものを食べてエスタス様も弱ったのです。毒で直接やられたわけではありません」

「えっ⁉　そっか、そういうことなのか……。エスタス君ありがとうね」

確かに毒草をむしゃむしゃ食べるエスタス君は普通に元気そうだ。神獣ってお腹が強いんだな。僕はエスタス君へ感謝を告げながらそんなことを考えていた。

＊　＊　＊

森の中は定期的に人が通るのだろう、細い獣道が出来ていたので歩くのは難しくなかった。だが杖をついた僕を心配してかエドガー様に抱っこをされてしまう。結果的に全体の移動速度が上がったのでこれでよかったのだろうが、今日はオルガさんもいるのに恥ずかしい。しかしオルガさんはそんな僕をからかったりはせず、むしろどこか見守るような視線を一瞬だけ僕らに向けた。

そこでふと先ほど考えたことを思い出す。重い病気の恋人という作り話。毎月しているらしい墓参り。もしかするとあの話は嘘ではなく過去の出来事で、オルガさんは病弱な恋人を抱っこして歩いていたことがあったとか……全ては僕の勝手な想像でしかないのだけれど……。

森の匂いが濃くなってきた。ただでさえ暗い色彩の森はますます暗さを増し、まだ昼間だというのにまるで夜だ。そうして休憩を挟みつつ半日歩いて岩壁へたどり着く。

一見すると行き止まりだったが、横から回り込むと岩壁の向こう側へと進めた。

そこから先が例の鍾乳洞。中は本当の真っ暗闇だ。オルガさんは自分の鞄から何かを取り出す。宙へと放り投げられたそれは蝙蝠を模したもので、なんと自力でぱたぱたと羽ばたいてホバリング、そして全身が柔らかく光り出す。

これはきっと魔科学を使った不思議道具！

お宿のセンサーライトとお土産屋の自動で飛ぶトンボを組み合わせた自動追尾ランタンだ……！　光る蝙蝠は全部で五匹、僕らの周りをゆっくりと旋回。おかげで周囲は普通に歩けるくらいに明るくなる。

「便利だな。松明より扱いやすいかもしれん。夜間の警邏を行う騎士たちに持たせてやると良さそうだ。まとめて発注するか」

「おっと、これはまだ開発中の試作品なのでな。非売品だ。完成した暁には俺が販売権の登録をしてからバルデュロイにも広告を送ろう……と言いたいところだが、実はかなり制作に手間がかかる道具でな。量産の目途は立っていない」

それは残念です、とリコリスさんが言う。

「夜道を歩くのにランプを持つ代わりにこの蝙蝠が使えれば両手が空きますのに」

それは夜道で暴漢に襲われた時に両手が空いていた方がボコボコにしやすい、という意味なのかもしれない。リコリスさんを非力な女性と間違えて襲った愚か者が過去にいたとしても不思議ではない。

明かりのおかげもあって最初は進むのも容易だったが、だんだんと鍾乳洞は傾斜を増してゆく。僕らを地下深くへと誘い込むように。地下水で濡れた硬い斜面、オルガさんは平気でそこを降りてゆくし、続く僕を抱いたエドガー様、最後のリコリスさんも平然とついてゆく。もし両脚が動いていたとしても僕にはここをまともに降りられる運動神経があったとは思えない。

　最初はひんやりと冷えていた空気がだんだんと生温かく変わる。もうすぐだ、とオルガさんが言ってから数分後、最終的にはとんでもない急角度にまでなってしまった道を滑り抜けると、ついに大きな空間が現れた。

　ここは鍾乳洞の内部ではなくそこから繋がっている地下空洞なのだろう。

　白い鍾乳石が見当たらなくなった代わりに黒い岩肌が露出し、あちこちから地下水が雫となって滴る姿はまるで地の底に小雨が降っているようだった。

　その光景は寒々しいが空気は生温かい。

　そんな広い空間の奥にとてつもなく大きな灰色の岩があった。立派な邸宅一軒ほどはあるかという大きさのそれの表面はびっしりと隙間なく張り付いた細やかな鱗のような形状だ。もしやあれが神獣が丸まっている姿、なのか。

『ぴぎゅうう！』

　エドガー様の背中に張り付いていたエスタス君はそれを見て飛び降りて駆けだした。

『ぴーぎゅ！　ぴい……ぴぎゅうっ！』

起きろと同胞に叫んでいるのか。やはりあの岩が神獣フォシルそのものなのか。エスタス君は必死に声を上げて石に体を擦り付ける。変わり果てた同胞を労るように。

僕らも大岩に駆け寄り、改めてその全貌を下から見上げる。目前にあるざらりとした質感はとても生き物には見えない。どう見ても石でしかない。

「これは……本当に化石に……でも生きています。魔力が流れていますす！」

僕がそう叫ぶとエドガー様も頷く。

「周辺の空気の温度が妙だ。神獣から漏れ出た魔力の影響だろう。オルガ、フォシルは発見時からこの状態なのか」

「ああ。魔力を介した治療やら何やら、一通り試したが変化はない。恐らくフォシルは長年続いていた大地の荒廃を出来るだけ食い止めようとしてここで踏ん張った。その結果、自分自身を大地の楔に変えてしまったのだろうと推察されている」

「方法は違えど、やっていたことはエスタスと同じか」

「生きたまま楔に……それで大地が正常に戻っても元には戻れず……。なんとかしてあげたいのですが、浄化を受け付けてくれるようには見えませんね……」

それでももしかしたら、と僕は前に進み出る。意識を集中させ、地の底の力の流れを、ここでも感じられる大樹の存在を頼りにして浄化の力を紡ぐ。それを祈りと共に思いっきり岩へとぶつけてみるも、やはり弾かれた。

緑の薫風は地下の空気を掻き回してほどけて消えていった。

「駄目です……。でも諦めません、何度でも行きます！」

『ぴぎゅっ！　きゅううっ』

「エスタス君、……もしかして違うって言ってます？」

『ぴぎっ！』

「何か考えがあるんですか？」

するとエスタス君が自信ありげに頷き、石と化したフォシルの前で小さな胸を反らし、ぐっと反動をつけたかと思うと真正面に向かって思いっきり頭突きを繰り出した。

ごいんと響く激突音。ふらりと揺れ、ぱたりと倒れるエスタス君！

「え、ええっ⁉　エスタス君‼　大丈夫ですか‼　ああっ、血が……！」

慌てて駆け寄ってきたリコリスさんがエスタス君の様子を覗きこむ。

『きゅううん……』

「……大丈夫です。少しおでこに擦り傷が出来てはいますが、頭をぶつけたせいで目を回してしまったのかと。安静にさせましょう」

「よしよし、可哀想に……。でも、どうしていきなり頭突きを……」

「……もしかすると衝撃を与えて岩を砕けと言いたかったのかもしれません。ご自身が巨大な竜であった頃の感覚で激突したのでしょう」

「今は小さいんですから無茶しちゃ駄目ですよ、エスタス君！　でも砕いちゃって大丈夫なのかな、フォシルさんの体なのに……」

僕は洞窟内の濡れていない場所を探してそこに背負い鞄を置き、上にエスタス君を寝かせた。おでこにはたんこぶが出来始めている。

「オルガさんはどう思いますか？」

「俺にも神獣エスタスはフォシルを破壊しろと言ってるように見えたな。自分がバルデュロイ王にされたように、こいつも一度肉体を壊して転生させるしか術がない、と言いたかったたか。もしくはこの岩の中でフォシルは生きているから石化した外殻をはがせ、という意味かもしれんな」

本当に破壊してよいものなのかしばらく僕らは相談を重ねる。破壊するにしてもどうやって行うのか、を含めての議論だ。今までにも冒険者たちが調査資料を採取しようとしてフォシルの体を削ろうとしたこともあったらしいが、既存の鈍器も刃物もあの化石には歯が立たないらしい。

「傷一つつけられない、ということか」

「そうだ。岩に見えるが岩ではない。フォシルの外殻は、どういう物質なのかも分からん……ん？」

腕組みをしながら思案するエドガー様と共に大きな岩の一点を見つめるオルガさんだ

が、急に黙り込む。

「どうしたオルガ」

「先ほど神獣エスタスが頭突きをした場所だ、あれは、ひび、か……？」

彼が指さすその先。そこにはこつんとぶつけてしまった卵のようにひびが入っていた。

まさかエスタス君は同じ神獣の自分ならフォシルに干渉できると察して、さっきの頭突きを⁉

ひびが入ったならそこから壊せるかもしれない。僕らはそれを実行に移すことにした。

エドガー様は長剣を抜き払って構え、その横でオルガさんも抜刀。彼も腰に剣を下げていたが、その彼の剣は刃渡りが短めでその代わりに柄(つか)が長い、剣と槍の中間のような変わった武器だった。

「何が起きるか分かりません、御子様はお下がりください。私の後ろへ」

リコリスさんを盾にするのは心苦しいが大人しく従う。

そしてひびに向かってエドガー様が一撃目を振り下ろし、すかさずオルガさんがそこに追撃を入れた。一瞬の剣技、だがその二重の衝撃は轟音(ごうおん)となって響き渡る。

外殻は割れた。むしろあっけないほどに容易く弾け飛んで砕け散り、瓦礫(がれき)に変わる。

そして中から現れたのは茶色の泥の塊だった。

なんだこれは。生物ですらない。これがフォシルの正体なのかと全員が絶句するが、その泥はもごもごと自ら動き出した。すぐさま警戒態勢をとる三人。僕も杖を握りしめて気を引き締める。

やがて土の中から何かが這い出る、白い五本指。それは蠢く、人間の腕……!?

両腕で泥を掻き分けて現れたのは人の頭。黒い髪。顔を上げてこちらを見る目も黒。その地味な顔立ちはこれでもかというほどに見覚えがある。

「僕……っ!?」

やがて完全に泥の中から抜け出すが、その場に力なくぺたりと座っている全裸の僕。これが神獣フォシルなのか!? どうして僕と同じ姿をしている?

僕の疑問はそこにいる全員の疑問でもあった。誰もが絶句しているのが分かる。

そして、それはやがてぱくぱくと口を動かし始め、声を出そうと試行する。

「……あ、あー、あ……こういう感じか、よし……しゃべれる……」

神獣が人語を話した。そういう記録はあったが実際に見るのはやはり衝撃的で、その声までもが僕と同じ。この事態に僕は生命の大樹の地下で出会った黒い神狼を思い出すが、あれとはまた雰囲気が違う。

エドガー様も白い毛並みを逆立てて明らかに動揺しながら、それでも冷静に問いかける。

「お前は、東の神獣フォシルなのか」

向こうは静かに落ち着いた様子で頷く。

「そう……話すには肉の器が要るから。豊穣の御子の形状を参考に真似させてもらった。ただそれだけ。わたしがフォシルだよ」

「あの岩の中で生きていたのだな」

「もう死ぬよ。今、作った器を維持しているのが最後の力。わたしの肉体はすでにあの有り様だし」

フォシルは背後を振り向く。もう動く気配のない泥の山を。

「御子よ。この世界に豊穣を運んでくれてありがとう。そして、神狼。会えて光栄だ。何を頼みたいのかは分かってくれるよね」

「……エスタスにしたことを、か」

「そう。今すぐ。早くお願い。わたしが息絶える前に。このまま自然に死んでしまっては転生の輪から外れてしまう。わたしのしたことはそういうこと。だから、殺して」

そう言ってうなだれ、白いうなじを晒して自ら首を差し出した。それを見下ろすエドガー様の手はさっきからずっと剣の柄を握っている。

しかし、よく見ればそれはわなわなと震えていた。嫌悪をにじませて小さく首を振る。

「やめろ……介錯(かいしゃく)なら引き受ける！　だが、その姿をやめろ！　我には斬(き)れん！」

「……ああ、そうか、そういうことか……配慮が足りなかったね。でももう作り変える力が残っていない…………似ていても中身の違うただの泥人形だよ。どうか……」

「フォシルよ！　我に愛する者の幻影を斬れと言うのか……っ‼」

「ごめん……お願い……だけど……わたしがしぬまえに……わたしをころして」

今にも目を閉じて倒れこんでしまいそうなフォシル、力なく丸まってゆく白い裸の背中を前にエドガー様は引きつった表情で、どこか泣きそうな様子で立ち尽くしていた。

だが十秒ほどの沈黙の後、ついにエドガー様は無理やりに迷いを吹っ切った顔で長剣を握り直し、高く掲げ、歯を食いしばった必死の形相で、一瞬にしてフォシルの首へと刃を落とす。

その瞬間は、僕には見えなかった。

リコリスさんがとっさに僕の頭を抱きしめて視界を奪ったのだった。

介錯が終わると、行き場なく周囲を漂っていた浄化の力がフォシルの亡骸（なきがら）へと集まってゆく。

僕はエスタス君の時と同じように祈り、願う。

フォシルもエスタス君と同じように、自らの命を削ってこの大地を守ってきたのだ。

それに僕も応（こた）えなければ、豊穣の御子として。どうか、今一度神獣フォシルがこの地に戻ってこられるように。

僕の浄化の祈りは淡い緑色の輝きと共にその泥と瓦礫の全てを包み込んで砂に変え、白い砂はさらさらと流れて平らになった。そして一瞬の後に周囲一面は花畑に変わる。

大地の底、闇の中でひとり戦い続けたフォシルを讃えるかのように花は輝かしい太陽の色に萌えるのだった。

そしてその花畑の中央からは、ぴょこんと小さな生き物が顔を出す。苔むしたような濃緑の体。フェレットのようなひょろりと長いシルエットだがその形状はトカゲ。きらりと瞬く瞳もまた緑。

『きゅおおーん!!』

新生フォシルは、太陽の花畑の中で高らかに生誕の産声を上げた。

三章

『きゅううん、おおん』

『ぴぎっ！　ぴーぎゅ』

『きゅお？　きゅおーきゅーお』

『ぴーぎゅっ！』

僕の背負い鞄(かばん)の中に二匹で潜り込んでいる東西の神獣。正直なところちょっと重たい。

生まれ変わったフォシル君も、元気になったエスタス君も、久々の再会が嬉(うれ)しいのか子犬の兄弟のようにじゃれ合っている。

生まれ変わった神獣フォシルを見届けた帰路、やっぱりフォシル君もついてきてしまったというわけだ。だがさすがにバルデュロイまで連れて帰るわけにはいかないので、フォシル君だけを背負い鞄から出してオルガさんに預ける。

すると最初は不満そうに身をくねらせていたフォシル君が、オルガさんの変わった髪色を見た途端になぜか髪の毛に食いつき、ぶちっと数本を引きちぎったかと思うとムシャムシャと食べてしまった。

神獣が人の髪を食べるなんて、まさか東の神獣は肉食なのかと全員が驚いたが、その後フォシル君はすっかりオルガさんに懐いた。もしかするとオルガさんの青い髪は本当に何か特殊な生き物……例えば青い体を持つ神獣の血などを引いている証で、それをちょっと食べて確認したフォシル君が仲間と認めたのかもしれない。

帰りの馬車の中、オルガさんは困ったようにボヤく。

「……あの森に置いておきたいのはやまやまだが、幼体のうちに魔獣に喰われてはいかんしな。仕方ない、ある程度の大きさになるまでギルドで飼うか……」

「オルガ様、建物ごと禁煙にしてあげてくださいね」

リコリスさんの冷徹な突っ込みに、彼はちょっと慌てたように頷いた。

とにかくこれで一件落着。

神獣フォシルが蘇ったことで大地の環境もいっそう安定してゆくだろうと安心し、僕はそっと隣に座るエドガー様の手を握る。

さっきからずっと口数が少ない。握る手から伝わる脈が少しだけ速い。

やはり僕と同じ姿の者を斬り殺してしまったせいで動揺が静まらないのだろう。

大丈夫、僕はここにいますよ、という思いを込めて手を繋ぐ。存在を強く伝えるためにわざとしっかりとその体に身を寄せながら。

神獣の転生を成功させた件について深く頭を下げてお礼を言ってくれたオルガさんと、その首に巻きつくように肩に乗るフォシル君。冒険者ギルドで二人と別れ、僕らは一度、議会のある中央都市へと戻った。

明日にはここからバルデュロイへと戻る予定だ。市内の宿に一泊するわけだが、リコリスさんは気を遣ってくれたのだろう、部屋の鍵（かぎ）を僕らに渡しながら言う。

「私はせっかくなのでこの地でしか手に入らないお茶の葉やハーブ、薬草を見に行きたいと思いまして。申し訳ありませんがエドガー様、しばらくコウキ様のお世話をお任せしてもよろしいですか？」

「ああ、任せてくれ。リコリス、お前もたまには羽を伸ばすといい」

「お心遣い感謝いたします。夜市を回りますので帰りは深夜になります。私は別室をとっておりますので、お二人はこちらのお部屋でごゆっくりお過ごしくださいませ」

優雅な一礼、そしてリコリスさんは街へと消えていった。

客室の扉を閉め、僕はすぐにエドガー様に抱き着く。

「エドガー様。大役、お疲れ様でした」

「どういうことはない……、と言ってお前に虚勢を張っても仕方がないな。正直、我自身生きた心地がしなかった。今も心臓が跳ね続けている。気を抜くと恐怖で脚が震えそうなのだ……情けないであろう」

「いいえ！　当然です、責任の重い仕事です。転生のためとはいえ誰かに刃を振るうのは、きっと臆病な僕では出来ないこと……それをきちんと引き受けたあなたのどこが情けないのですか」

「コウキ……」

「本当にご立派でした」

　しばし、黙って抱き合う。そのままベッドの方へと相手を引っ張ったのはエドガー様だったのか、僕だったのか。二人の体重を受け止めてベッドがわずかに軋む。

「……やはり僕の姿をしていたから、ですか」

「お前ではないと分かっていても苦しかった……っ」

「そうです、大丈夫です。僕はちゃんとここに生きていますよ」

「お前も、我がお前と同じ姿の者に刃を振るうのを見るのは恐ろしかっただろう……！」

「いいえ、リコリスさんも同じように心配してくれたんでしょう。あの時、顔を隠してくれました。なので見ていないんです。ですが、あれは僕であって僕ではありません。それにフォシル君がそう望んだことをあなたは叶えただけ。もし、その光景を直視したとしても僕は平気です。あなたを愛しています。だからこそ平気なんです」

「そうか……そうだったか……」

少し安堵したようにエドガー様は長く息を吐いた。僕はその胸元の毛並みに顔を埋め、腕を伸ばしてマズルの上を優しく撫でた。

「エドガー様。ちゃんとここにいる僕を、生きている僕を……これからもずっとあなたの傍にいる僕を、ちゃんと感じてください。そうしたらもう怖くないはずですから」

彼はその青い瞳で僕をじっと見つめ、それから深く頷いて強く抱きしめてくれた。そのまま自然に吸い寄せられるようにキスを交わし、お互いの服のボタンに手をかける。大きな手のエドガー様より一応はピアニストの僕の方が指先は器用、エドガー様の上着が先にぱさりと脱げ落ちる。

「ふふ、僕の勝ちです」

ちゅ、と鼻先に口づけ。それと同時に僕のシャツも滑り落ちた。

そのままゆっくりとエドガー様に寝台へ押し倒された。

本当にゆっくりと、僕の生命を味わうかのような優しい口づけ。甘すぎるほどの愛撫、そして生命の鼓動を感じるように強く僕を求めながらそれでも労りを感じる交わり。

ときおり僕と交わる視線が未だどこか迷い子のようで、僕はその優しい獣の頭を強く抱きしめた。

こうして僕らの自由都市同盟フリーレンベルクへの旅は終わった。

＊　＊　＊

馬車は無事にバルデュロイにたどり着いて王都バレルナ中央にある城門をくぐり……、そこで僕はあることに気づき、とっさに大声を上げる。

「ああっ！」

隣でうたた寝をしていたエドガー様がびくんと大きく反応する。

「忘れ物です！　記念品のお土産を買うのを忘れていました！　しまった……いろいろあってすっかり頭から抜けてた……先に買っておくんだった……！」

「コウキ、アレは……うむ、土産はまあ次の機会にしよう。また休みが確保できたら旅行をすればいい。他の土地や町にも面白いものはあるだろう」

「あのトンボ、もしくは像か仮面……どれも素敵だったのに」

しょぼんと肩を落とす僕をフォローしようとリコリスさんは大きな旅行鞄を開く。そこにはたくさんの瓶や包み紙、箱が並んでいる。

「あの、御子様、私が選んだもので恐縮ですが、茶器に茶葉、料理用のスパイスとハーブです。リアン様は料理もご趣味にされているようですし、この中から選んでプレゼントにするというのはいかがでしょう？」

「でもこれはリコリスさんがご自分のために……」

「私も、リアン様やお子様に贈り物を出来るのは嬉しいのです。遠慮なく選んでくださいませ」

「いいんですか？　じゃあお言葉に甘えて……」

一緒に選んだのは料理に彩りと栄養を添えられる綺麗な色のスパイスセット。産地でしかまず手に入らない限定の高級品で、野菜と果物が原料なので赤ちゃんの離乳食にも使えます。きっと喜んでいただけますよ、とリコリスさんも太鼓判を押してくれた。

僕がリコリスさんにお礼を言っていると、後ろでエドガー様がぼそりと呟く。

「リコリス、さすがだな。助かった」

「うふふ、抜かりはありませんよ」

「本当です、リコリスさんのおかげで助かりました！」

「どちらかというとお前ではなく結果的にリアンとライナスが助かった……」

「エドガー様!!」

エドガー様はなぜかまたリコリスさんに叱られていた。

旅から戻って数日後。

すっかり日常生活に戻った僕らはいつも通りに平穏な日々を送っていたのだが、ある時、城に一通の手紙と巨大な包みが三つも郵送されてきた。僕宛(あ)てであったが安全確保のため開封は騎士に任される。

手紙の送り主はフリーレンベルク議会の議長さん、そしてギルドマスターのオルガさん。内容は先日の訪問へのお礼の言葉。それに幾度も枯死の病を浄化していることに対しての礼と、東の神獣フォシルを救ってくれたことへのお礼。フォシル君は元気にしているという話だった。

「よかった、のびのびと過ごしているみたいで……あはは、本当に全館禁煙になっちゃったんですね、冒険者ギルド。なになに、三つの包みは御子と神狼(しんろう)、深紅の花の娘への感謝を込めた贈り物……」

贈り物を選ぶにあたり、オルガさんは国内各地に散らばる冒険者たちに聞き込みをしてくれたらしい。僕らがフリーレンベルクで辿(たど)った軌跡に沿って、僕らが興味を示していた物はないかと。そして冒険者たちはさらに街の土産物店などに聞き込みをして、ついに贈り物に良さそうな物を発見した。

一つ目、木彫りの大きな像。かつて大海原を割ったという伝説の魔獣を模した力強い逸品だ。

二つ目、フリーレンベルクに残る大昔の神話を元に作られた、神々を模した色鮮やかな仮面二十個セット。飾れば美しく、かぶって遊べば神々ごっこが出来て面白い。

三つ目、最新の魔科学と伝統工芸の職人技の融合。次世代の玩具、自動飛行トンボ。

御子が興味深そうに見ていたという話を聞いたので、これにした。三人で仲良く分けてくれ、という言葉で手紙は締めくくられていた。

その贈り物を見に来たリンデンさんも感嘆している様子で目を輝かせる。

「御子様がこれに目をつけ、オルガ殿が贈ってくださった……素晴らしいです！　お二人ともさすがの審美眼です。この像はフリーレンベルクという自由都市同盟が出来る前から存在していた民族文化伝承の資料としても貴重な古代の石像がモチーフとなっていますし、仮面の価値は手紙にある通りです。この二十の仮面に百篇以上の物語が詰まっているのですよ。どちらも浪漫ですね……！」

「やっぱりリンデンさんもそう思われます？　どれも本当に素敵ですよね！　きらりとセンスが輝く掘り出し物って感じで」

「中でもこのトンボ、職人の芸術的な域に達した技で彫られたボディと脚は一本の丸太からの削り出し。着色もフリーレンベルクの森でしか採れない天然塗料で一切の妥協のない仕事です。憂いを帯びた表情も見る者を引きつけますね。そこに最新の魔科学の粋を搭載し、現在と過去を一つに繋いで宙を泳ぐ……見事としか言いようがありません」

「ですよね！　僕もまったく同じ意見です！」

「ふふ、古美術も伝統工芸も好きですので、目利きには自信がありますよ」

「じゃあさっそくエドガー様とリコリスさんを呼んできますね！」

手紙と贈り物を見せると、エドガー様とリコリスさんは呆然(ぼうぜん)としていた。感動しているのだろう。僕もリンデンさんも大変感動したのだ、その気持ちはよく分かる。

「お土産を分けてくださったリコリスさんが最初に選んでいいですよ！　どれにします？」

「えっ、わ、私ですか⁉　これは……そうですね、仮面をいただきましょうか……」

「では次はエドガー様、どうぞ！　僕は残ったのでいいですよ、どれでも嬉しいですから」

「うっ……では、この像をもらおうか……」

「じゃあ、僕はトンボをもらいますね！　ふふ、さっそくリアンさんにプレゼントしに行こう」

スパイスはすでに贈ったが、贈り物はいくつあってもいいものだろう。もとよりそのために選んでいたのだ。

結局、エドガー様とリコリスさんもプレゼントにすると言い出したので、全部をライナスさんのお屋敷に運んだ。

勝手に飾り付けても大丈夫かとエドガー様に尋ねれば、家令には許可を取ったと返事をもらえた。

そしてお屋敷のメイドさんに案内してもらってリビングへ向かい、部屋の角にまずは大きな魔獣像を設置。うーん、渋い！　男心にグッとくる迫力がある。

次はお屋敷中央の一番長い廊下へ向かい、そこの壁にずらりと二十個の仮面を並べた。廊下が一気に華やかさに満たされた感じだぞ、これは素敵だ。赤ちゃんも抱っこをされてここを通るたびに、様々な逸話を持つという仮面を楽しんでくれることだろう。

そしてリアンさんと赤ちゃんがいつも過ごしている部屋にトンボを飛ばしておいた。だが、リコリスさんから「待った」が入ってしまう。トンボの動きが気になってしまって、赤ちゃんがゆっくり寝られないかもしれません、との助言。

確かにまだ少し赤ちゃんには早すぎたかもしれない。そういうわけでトンボはライナスさんの私室に飛ばしておいた。

どこを飛んでもトンボのクールさは変わらない！

ちょっとした模様替えとなったライナスさんのお屋敷を見て回ったエドガー様とリコリスさんは、なぜか警察に自首をしに来た犯人のような、全て（すべ）を諦め（あきら）たような顔をしている。

「これで……よかったのだろうか……。ライナスはともかく屋敷の者やリアンに申し訳が……」

「致し方ないことだったのです。運命のままに、在るべき場所に在るべき物が揃ってしまった……それだけのこと……きっと誰も悪くないのです……」

なんだか落ち込んでいる？　素敵な像と仮面をプレゼントしたはよいが、もしかして二人もやっぱり自分用に欲しかったのかもしれない。きっとそうだ。

また機会をみてエドガー様とリコリスさんには何かを贈ろう。世界は広い。次の旅でも素敵なお土産に出会えることだろう。

リアンさんと赤ちゃん、ライナスさんたちは郊外へピクニックに出かけているそうだ。帰ってきたらどんな顔をするだろうか。

あの像を見て驚くリアンさん、仮面を見てはしゃぐ赤ちゃん、そしてトンボの姿に癒やされるライナスさんの姿を想像して、僕は自然と笑みを浮かべてしまう。

きっと、新たなカザーリア家の歴史を彩る一部となってくれることだろう。

終章

「しかしリコリス、上手(うま)いことライナスに押しつけたな」

「エドガー様だって像を持ってきたじゃないですか」

「……自分の部屋にはどうしても置きたくなくてな。……オルガも随分と手間をかけて贈ってくれたようだし、コウキの手前、捨てるわけにもいかん。もうライナスに贈ってしまえ、と思ってな?」

「私も、あの仮面を飾る場所も使い道も何も思いつかなくて……頭金ぴか麦畑将軍のお宅ならピッタリかと考えた次第です」

「結局ライナスの家に全(すべ)てが集結してしまったな……。ああいうのを三種の神器というのであろうか……」

「それは絶対違うと思いますが……。いいんです。御子(みこ)様が満足されていればそれでいいんです」

　リコリスはもう考えるのをやめたのだろう。どこか遠くを見ていた。

ライナスの屋敷に贈り物を運んだ翌日、城の廊下でばったりと出会った我とリコリス。コウキに気づかれぬようにそんな話をしていると、そこにバイスが通りかかったのだが、妙にどんよりとした表情をしている。

「バイス、何かあったのか。暗い顔をしている、ぞ……っ⁉」

とぼとぼと歩くバイスの後ろをあの人面トンボがついてきている……‼

「兄様……」

「バイス、そ、それはどうした」

「さっきライナス将軍が、お前にやるよってとても真剣な表情で私にこれを擦り付けてきて……。そしたら後ろをついてくるようになってしまって、怖くて振り返れなくなってしまったんです……」

くすんと目尻に涙を浮かべるバイスをリコリスが慰める。

「そっそんな、バイス様、お可哀想に……どうか泣かないで……。そうだ、私につけてください、私がどこかへ持っていきます！　いえ、あの頭金ぴか麦畑将軍に突き返してまいります‼」

「駄目です！　あなたにこんな恐ろしげな、呪われそうな物を押しつけるなど出来ません！　私だって王家の男です。自分でなんとか乗り越えてみせます。ええ、きっとこれは気弱な私を鍛えるための将軍からの試練なのでしょう、乗り越えてみせねばなりません

「……！」

そう力強く宣言し、バイスはトンボを連れて立ち去っていった。

「コウキ様のトンボ……呪具みたいになってしまっていますね……。とりあえず麦畑将軍には後で抗議をしておきます」

「ああ……むしろ呪具とはああして人の悲しみと怨念を吸って作られるのだろうな……。さすがのライナスもあの人面トンボには耐えられなかったか……」

この後、バルデュロイ城には怪談のようなものが語られるようになる。

一つは城のいろいろな場所に急に気味の悪い大きな像が現れるというもの。

一つは謎の仮面が城の壁面や天井に現れるというもの。

一つは気がつけば自分の後ろを人面トンボが飛んでいるというもの。

それは、城に勤める者たちをとてつもない恐怖のどん底へと陥らせることになるのだが、要するに城の皆があの三品を押しつけ合っているだけなのだ。

コウキはそんな事態を目の当たりにし、「ライナスさんが持ってきてくれたんですね、異国の芸術品を皆で分かち合って鑑賞しようと……！　やっぱり将軍ともなる人は違いますね！」と喜んでいた。

我はリコリスの言葉を思い出す。コウキが満足していればそれでいい。うん、確かにそれでいいな、もうそれでいい、と一人頷くのだった。

すると廊下の先、曲がり角の向こうから耳慣れたリズムの音が聞こえてくる。こつりこつりと小さく響く杖の音すら愛おしい。今日の仕事が終わったので、こちらの様子を見に来てくれたのだろう。

我がコウキを迎えに行くと、コウキは嬉しそうに手を振り、それから階段下を指さした。そこにあるのは例の像。

昨日は中庭にあったが庭師が気味悪がって動かしたのだろう、今日はそこに設置されたか……。相変わらず禍々しい。

「エドガー様、あの像、毎日置き場が変わっていますね」

「そうだな、皆が他の者に押しつけ……いや、他の者にも楽しんでもらおうと場所を移動させているのだろう」

「皆が見られるように、ですか！　皆さん親切ですね。ふふ、この感じだと明日はエドガー様の部屋の前まで来るかもしれませんよ」

「う、うむ……出会い頭にあれは厳しい……」

「ん？」

「いや、何でもない」

もう何でもいい、と思いつつ、我は像を頭から追い出して目の前のコウキのことだけを考える。

こちらを見上げる純真な視線が愛らしい。今日もコウキは可愛い。

「いろいろな町の風景も魔科学も面白かったですし、オルガさんとも出会えましたし、フォシル君も転生させてあげられました……。フリーレンベルクの旅行は楽しかったですね。これからもいろんなところに行きましょう、エドガー様と世界中を見てみたいです」

「ああ、我も楽しみだ。また時間を作って出かけよう」

「そうだ、今度は僕がエドガー様のお土産を選んであげ……」

何か不吉な発言が聞こえた気がしたので、我はとっさにコウキを抱き寄せて唇を奪い、その先の言葉をかき消しておいた。

狼（おおかみ）は己（おのれ）の色を知る

バルデュロイ王城内、迎賓の間。しかめっ面をずらりと並べての会議は半日にわたり、俺は正直頭痛がしてきていた。今行われている会議の内容に将軍職である自分の意見は必要ない。立場上仕方なく参加しているだけなのだが、リアンは真剣にその内容に聞き入って、必死にメモをとっている。

なんとも真面目で勤勉、そして可愛らしいね俺の狼さんは。その姿を見られるだけで、この退屈な会議の時間も耐えられるってもんだ。

定期的に行われているこの集まりは周辺小国や自治区とバルデュロイ王国が足並みをそろえて大陸の西の、主に経済面での安定を保つための方針決定会議。ゆえに、参加者は基本的には皆が仲間であり、友好的で協力関係ではある。

それでも集まれば小さな意見の衝突やもめ事が起こるのは人の性。己が物として譲れぬ利権や土地の境界線や資源やら、民族や種族が違えば軋轢も多少は生じる。その辺りを上手く調整する仲介役となるのもバルデュロイの仕事だ。

今は北部の自治会総長が鉱物資源の輸出にかかる税率の変動について熱く陳情を述べている。俺は目の前のカップの茶を一口含みながら、国境防衛とか魔獣の討伐とかそういう荒事の話になってから俺を呼んでくれりゃあいいのに、と内心ぼやいていた。

横の席に座るリンデンも、その隣のエドガーも俺の気持ちについては察してくれているので、俺には経済面での話し合いの段階では意見を求めてこない。ありがたいね、訳知りの昔馴染みってのは。

俺の秘書として同席しているリアンは手帳を片手に、朝っぱらからの全ての話をそれはもう真剣に聞いている。国家機密に近い会議の場に同席させてもらうのだからこの機会に社会を学ばねば、というそのやる気に満ちた横顔が初々しくて最高に可愛い。

改めて言う、俺の狼さんは可愛い。

ちなみにエドガーの横には『豊穣の御子』の衣装を着たコウキが未だに緊張した様子でちょこんと座っている。急に話を振られたり意見を聞かれたりしたらどうしよう、真面目に聞いてはいるが分からないことが多すぎるとその顔に書いてある。

そんなに緊張しなくても大丈夫だ、と言ってやりたい。いや、コウキの横にリアンを座らせてやれば良かったのかもしれねぇな。今のリアンは下手すればコウキよりもこの世界について詳しい、分からないことがあれば喜んで説明もしてくれるだろう。

それに、エドガーとリンデンが今のお前さんに意見を求めたりなんてことは絶対しねぇよ。そもそもお前さんの役割は、こういう泥臭いこととは別の次元にあるってことをまだ理解しきれてねぇようだな。

そんな会議もやっとのことで終わり、俺は大きく伸びをしながら騎士団の詰め所を目指す。リアンはこの後もリンデンたち文官の会議を聞きたいと随分と前のめりだったので残してくる羽目になっちまった。俺も残ろうと思ったのだが、リンデンに貴方は騎士団の方の仕事を進めてくださいね、と笑顔で追い出されちまった。

というわけで俺が外に出ると、同じく城の門の外で伸びをしているコウキに遭遇。くう、と小さく声を出しながら片手で杖を持ち、もう片方の手は空へと突き上げる。

「よお、御子様もお疲れのご様子だな」

「あ、ライナスさん、御子様って呼ぶのやめてくださいよ。ですが、お疲れ様です。会議、思った以上に長かったですね。エドガー様はこの後もまだ会議だと仰ってたのですが、僕はちょっと休憩もらっちゃいました」

「お前さんが、頼むから話を振らないでくれって顔で緊張してたのを、エドガーも察したんだろ」

「ええ……そんなにモロバレでした……？　いい歳して恥ずかしいですね、僕……。少しでもエドガー様の助けになれればと、政治とか経済とかも少しずつ勉強してはいるんですよ。ですが、国や周辺地域の細かな状況やそもそも政治形態すら僕には分からない話ばかりで。勉強不足ですね……、情けないです」

「情けなくねぇよ。元々、お前さんはここことは違う世界の人間なんだ。わからなくて当然。俺ですらわからねぇからな。この案とこの案、どっちが良い、その根拠はなんだ、他の案はないか、とか聞かれてもな。そこまで急に頭回んねぇよ」

「そう言いながら、ライナスさんは的確な答えを直感的に導き出しそうですけどね」

　ははは、と俺とコウキは笑い合い、軽い散歩を始める。周辺地域のおえらいさんが一堂に会する機に乗じてか、あちこちから隊商がバレルナを訪れていた。大通りには普段は見かけないような珍しい露店が多く出ていてちょっとした祭りのような雰囲気だ。

「さすがににぎわってんなあ」

「面白そうですね。ちょっと見ていきませんか？」

　コウキも自分の立場とその存在の稀少性と危うさを理解はしている。だからこそ普段なら素性の知れない国外の者だらけの場所に一人で行くことはしないのだろうが、俺と一緒ならと思ったのだろう。俺もそれを快諾したわけだが、そこに急に割って入ってきたのは自己主張の激しい真っ赤な花の頭お花畑だった。

「御子様」

「うわっ！　リコリスさん⁉　い、いつのまに背後に」

「ご休憩を邪魔してはと思って後ろに控えておりましたが、外出されるのでしたら私をお連れくださいませ。そこの頭金ピカ麦畑将軍よりはお役に立ちますかと」

コウキに向かってにっこりと微笑みつつ、俺に向かってしっしっと野良犬を追い払うような仕草をする切れ味の良すぎる侍女。

　言い返してやろうと思ったが不毛な未来しか見えないので、ぐっと言葉を飲み込んだ。


　そうしてお花頭にコウキを持っていかれた俺は、一人で隊商の露店を眺めてぶらぶらしていたわけだが、その中で妙に目に留まる商品があった。筒状に丸められた何らかの魔獣の皮らしき素材。艶消しの深い黒色のそれは、見たことのない独特の色合いだ。

「獅子の旦那、その皮がお気になりますか、実にお目が高い！」

　犬耳頭の小柄な商人がにこやかに両手を打ち、急に声を潜める。

「ここだけの話、その皮は近いうちに資源保護のために流通が禁止される予定の素材で、今後もう手に入らなくなります。今しかお目にかかるチャンスはないでしょう。値は張りますが価値は保証しますよ」

「稀少素材なのか、どこの地域の魔獣だ？」

「いいえ、魔獣じゃあなくて木の皮です。しかし滑らかさにしなやかさ、耐摩耗性に耐火性、耐久性、どれをとっても高位の魔獣の皮に劣りません！　しかも植物ならではの奥ゆかしい薫香があり、特にわたくしのような嗅覚の鋭い種族にとっては非常に魅力的な素材です。この皮で仕立てるなら何が良いですかね。椅子や筆記具入れ、帽子にランプシェード、お客様のような武人のお方なら剣の鞘などどうでしょう？」

こちらの興味を的確に突いてくるこの商人はやり手だなと思いながら、俺は頷きつつ値札を見る。

……確かになかなかだ。なかなかの値段だ。だが仕事でも私用でも世界各国を渡り歩いた俺が初めて見るのだから稀少なのは本当だろうし、手触りも、早朝の森の空気のような淡い香りも見事だ。

これでリアンとおチビに何か仕立ててやりたい、と思ってしまったのだからもう買うしかない。

俺が財布を取り出すのと商人の目がきらりと光るのは同時だった。

大きな筒状の木の皮を抱えて城に戻ると、会議明けのリンデンに呼び止められた。

「おや、珍しい物をお持ちで」

「今さっきそこで買ってきたんだが、稀少な木の皮らしいぞ。嗅いでみろよ」

「……これはなるほど、噂に違わぬ香りです……。しかしまだ市場に流通品が残っていたのですね。それは北西の渓谷地帯の中でも最奥にしか根付かない樹木の皮ですよ」

「北西の渓谷っつったらあの岩山の合間に砂丘が入り込んだ迷宮みてぇな地域か」

「ええ。無知な者が入れば生きては戻れぬ死の谷。人を容易に飲み込む流砂はまさに底なし沼、時折降る雨の翌日の数時間だけが地面が固まりまともに歩ける唯一の時。その上で正しい道順と歩き方を知っている者だけがその奥地にたどり着くことができる場所……。そういった訳でその樹自体も稀少種なので保護したいのですが、どちらかというと採取しようとしての事故死が多すぎるので採取を禁止しようかと検討している素材です」

「随分と物騒な代物だったんだなこれ」

「昔は、代々その知識と技術を継承してきた採取職人の一族がいたのですが、いつの間にか後継ぎがいなくなってしまったようで、途絶えたという話を聞いています」

「そりゃあ親も自分の子供にそんな死と隣り合わせの仕事をさせたくはねえだろうよ」

そんな話をしながらリンデンは包みにくっついていた品質鑑定書を眺めていた。そこには専門の採取業者が数十年前に採ったという記録がある。

古い紙の上にある掠(かす)れた業者の家紋なのか紋様のようなものが狼の横顔に似ていた。

「狼を模してるな。昔、バルデュロイ王家御用達(ごようたし)の業者だった歴史とかがあるのかもな」

「……これは……」

「どうした、リンデン」

じっとその紋様を見詰める瞳。返答がない。

黙り込んだかと思えばリンデンは急に顔を上げ、ちょっと来てくださいと俺を強引に引っ張って城の蔵書室まで連れていった。

書架の前に立つとリンデンは迷いなく一冊の古い本を選び出す。地方の産業の歴史についての本のようだった。急ぐように紙をめくる指、やがて開かれたページにはさっき見たばかりの紋様が存在していた。

「やはり……。これは百年以上前から伝統的にこの皮の採取をしていた職人たちが使っていた紋様です。彼らの姿がそのまま図案となっています」

写実的な本の挿絵は当時の職人たちの作業風景を描いている。そこにいたのは狼の獣人の集団。鋭利な印象を抱かせる体形に少し荒れた風貌の薄い色の毛並み。鋭くも落ち着いた色の眼光。俺は思わず息を呑む。

「……似ていると思いませんか？」

「リアンか……⁉」

「職人たちは近年になって一族がまるごと姿を消したそうです。後継ぎがいなかったのではなく、辺境に住む彼ら一族そのものが何らかの理由で、いなくなっていたのだとしたら……」

何かが一つに繋がった気がした。狼の獣人はいくらでもいるが、それぞれ顔つきや毛並みの色彩の現れ方が違う。

そして目の前の挿絵に描かれた辺境の職人たちの体格や毛色は、見慣れたリアンそのものだった。

＊　＊　＊

その日は俺とリアンはともに休暇をとり、午前中はおチビを連れて散歩に出た。楽しそうにはしゃいでいたせいか昼過ぎからはベビーベッドでぐっすり眠りこんだ可愛いおチビを眺めていると、リアンの方から話を切り出してきた。

「さて、そろそろお聞かせ願えますか。朝から……いえ、少し前からずっと何かを気にされているご様子ですが」

「やっぱバレてたか」

「ええ。これでも貴方のことは誰よりもしっかりと見ているつもりです」

「嬉しいねえ」

「で、それは良い話ですか？　悪い話ですか？」

「どっちだろうな。……以前話したが、俺がこっそりお前の親族について調べてただろ。その時は何も見つからなかったんだが、今になってその痕跡が、おぼろげながら見えてきた。まだなんの確証もあるわけじゃないんだがな。

「……っ、私の、生まれについてですか？」

「ああ、そうだ。お前、確かバルデュロイの景色は見覚えがある気がするって言ってただろ？　だがバレルナの過去の住民の記録を遡ってもお前や親族らしきものの存在はなかった。だからお前は多分、バレルナに頻繁に出入りしていた西域の住民だ」

「……あなたがそう言うということは、その可能性のある何かをつかんだのでしょう？」

神妙な表情で問うリアンに対し、俺はゆっくりと説明をする。バレルナに定期的に行商に来ていた特殊な技術を持つ一族、リアンによく似た風貌の狼たちの記録を見つけたと。

「……正直、良い結果が出るとは思えねぇが、確かめに行くか？」

そう慎重に尋ねると、リアンは想像より容易に、素直に頷いた。

仮に己のルーツが見つかったとしても、それは自分の親や親族がとっくに死んでいるという事実をはっきりと突きつけられるだけになる可能性が高い。別に確かめなくてもいいことをわざわざ確かめて悲しませなくてもいいのではないかと、俺の心は揺れた。

それでも「行く」とリアンは即答した。

覚悟はとっくに出来ていたのだろう。もともと強いやつだったが、おチビを授かって、親になったことで、リアンの芯の強さはますます輝くようになっていた。

実際の出発は、なんとか都合をつけた二週間後。早朝、背中におチビを背負ったリアンは、家族全員分の荷物が入った鞄を抱えた俺に向かって穏やかに笑む。

「あなたらしくもない。随分と深刻な顔をしていますね」

「そうは言っても、お前にとっては軽い気持ちで行く旅じゃないだろ。それに、俺がお前に伝えたことだ。その結果が、お前にとってどういうものになるのか責任を感じるのが普通だろう」

「もとより過度な期待はしていません。貴方も、墓参りを兼ねた家族の小旅行くらいに思っていてください」

靴紐を結びながらのその言葉に本心を押し殺したような響きはない。その強さに俺もまた決意を新たにする。

何があっても俺がリアンとおチビを守って幸せにする、それだけだと。

乗り込んだ馬車は軽快に進む。行き先は辺境の渓谷地帯、事前にリンデンとウィロウの力を借りて資料を集め、皮職人たちの住まいがあったであろう具体的な場所は突き止めてある。その近くまでは馬車で進み、地面が砂地に変わって車輪がまともに動かなくなったら歩こうと考えていた。

到着した渓谷地帯は訪れた時期が良かったせいか存外爽やかな気候で、足下には黒ずんだ砂が常にさらさらと流れ続け、まるで水面のようにすら感じられる。

ただそこは、誰もいない荒涼とした風の音だけの世界だった。そんな砂地から巨岩が折り重なるように突き出し、奥深い死の渓谷への入り口を創っている。今日はこの奥には用はない。探すのは近辺にあるはずの職人たちの生活拠点だ。

リアンとその腕に抱かれたおチビはこの珍しい風景に目を丸くし、辺りをきょろきょろと見回しながら歩く。そうして集落の跡地のようなものを見つけたのは昼頃になってからだった。

「この壁は村が砂に飲み込まれないように、建てたのでしょうか」

「ああ、そうだろうな」

石材を積んだ高い壁。それはあちこちが崩落してもう原形はほとんどないが、そこそこの広さの集落を囲んでいたであろうことが窺える。そして地面も堅牢な石畳。

あちこちに家屋の基礎のような痕跡や潰れた小屋のようなもの、いくつかの廃屋があった。どう見ても数十年間は放置された集落跡。

人為的な破壊の痕跡なのか、自然の風化なのかは、ひと目では判断がつかない。

ここが職人たちの住処だったのだろうかと、俺は遺されたものを調べる。生活雑貨以外に木の皮を加工するのに使っていたであろう道具が見つかり、疑惑は確信に変わる。間違いない、ここが皮職人の集落跡だ。あとはその職人の狼たちが本当にリアンの一族であるかどうかなのだが、答えは俺が探さなくともリアンが知っていた。

ある一軒の廃屋、建屋が半分ほどなくなり基礎がむき出しになっているその前で急に足を止め、じっと佇み、黙ってうつむくリアン。

廃屋の中に暖炉と朽ちて傾いたテーブルが覗いている。

「………………」

「リアン、どうした。大丈夫か？」

「……ライナス殿……」

俺の問いかけに戸惑った様子でリアンは顔を上げた。リアン自身、どんな顔をしていいか分からないのだろう。揺れる瞳が不安を訴えていた。

「私、この家を……知っています」

「お前の家、なのか」

恐らく、と返してくる声はか細く、かすかに震えていた。谷を渡る風が、その毛並みを波立たせる。

今、リアンの中で僅かにでも蘇ったのだろう。

物心つく前のかすかな記憶が。

家族の面影が。

今まで思い出そうともしなかった……いや、思い出すことの出来なかった全てが。

俺はリアンの背中の抱っこ紐をほどいておチビを抱き上げる。

しばらく一人にして欲しいだろうと察し、少し離れた場所で様子を見守る。リアンはゆっくりと周りを歩き、廃屋に触れ、そこにある家具の残骸（ざんがい）を静かに見つめていた。

「ここが、台所」

ひゅうと風が鳴き、砂が舞う。

「ここが、居間、こっちが玄関で」

こつりと石畳を踏んでいた足音が止まる。

「……ここは私が寝ていた、寝室」

ぽつりとそう呟（つぶや）き、リアンは両手で顔を覆った。リアンをここへ連れてきたのは正解だったのだろうか。俺はかける言葉を探しながら、不思議そうに首を傾（かし）げているおチビを抱きしめる。

しかし沈黙は短かった。それは、ほんの数秒だっただろう。リアンは両手を下げてゆっくりと顔を上げ、天を仰ぎ見る。

それからもう一度廃屋を眺めて、俺たちへと静かに微笑み、頷くのだった。

帰りの馬車の中、隣に座るリアンは言う。

「あれは間違いなく私の家です。私が幼い頃に住んでいた家。父と、母と、祖父母と」

「そうか……」

「もう誰もいませんでしたが、行ってよかった。集落の者たちはどこかへ行ってしまったのか、それとももう全員亡くなってしまったのかは分かりません。それでも私はあなたと、そして大切なこの子と共に故郷に帰れたのです。ようやく己の足が地についたような、今はそんな気持ちです」

「本当にそれだけか？　辛くないわけがねぇんだ。我慢しなくていいんだぞ」

「行ってよかったですと言ったでしょう、強がってはいません。……そうですね、一人で行っていたら悲しかった。……もしかしたら、生きる理由すら見失ったかもしれませんが……。でも貴方たちが一緒にいてくれた。私は今、幸せに生きていると故郷に報告が出来た。それは、きっと家族にも届いたはずです。私の……家族ですから……」

「あう」とおチビがリアンの言葉を肯定するように声を上げ、俺たちはそのタイミングの良さに顔を見合わせて少し笑った。

「そうだな、きっと届いてる。これからも時々顔を出したらいい、その度にもっともっと幸せになってるって報告出来るようにしてやる。俺が、お前たちを世界一幸せにしてやるからな！」

力強くそう告げると、リアンは少し顔を赤らめて照れ隠しのように外を向く。

車窓では引き潮のように砂の海が遠ざかっていた。

後日、俺たちが集落跡地の件をリンデンに報告すると、「あの地域には保全したい資源や景観がいくつかあるので、いっそのこと一帯を保護区に指定してしまいましょうか」と提案された。集落の跡地はいつか完全に砂に沈むことになるのだろうが、その代わりに、この地には類いまれなる技術を受け継いだ職人狼たちが住んでいたという歴史を刻んだ石碑を作って残そう、と。

リアンが最後の一人になってしまったかもしれない一族。

それでも彼らはここに居たのだという証が永遠に残る。

そのことに、リアンは嬉しそうに頷いていた。

数ヵ月後、砂塵をまとう渓谷の入り口に一つの大きな石碑が立ち、その石碑の横では艶やかで美しい黒い樹皮で作られた特別な旗が風に揺れていた。

無人の地に勇壮にひるがえる旗には、この地で生きた名もなき狼たちを模した紋様が描かれていた。

あとがき

こんにちは、茶柱一号です。

前作、『白銀の王と黒き御子　神狼と僕は永遠を誓う』のあとがきで、サブキャラたちのお話を……と書いていたことが本当に実現してしまいました。

ライナスとリアンはその中でも特に愛着のあるキャラでしたので、彼らの物語を一冊の本という形で読者の方へお届けできたことを大変にうれしく思っております。

また、同じ世界観のお話をシリーズとして続けさせていただけるということ自体、前作を手に取ってくださった読者の皆さまの存在と、いただいた応援のお陰だと、深く感謝しています。本当にありがとうございます。

ライナスとリアンがどういう経緯で、互いをどのように想い、心を通わせていくのか。

そこについて、前作のエドガーとコウキのお話を書いているときには既に、なぜか当たり前のようにメイン二人の裏側で勝手に彼らが動いてくれていたことを思い出します。

最初からリアンへとひたすらにまっすぐ想いをぶつけ続けるライナス。ただ、リアンの境遇は下手をすればコウキよりも悲惨なものであり、重い過去を背負った存在です。

ライナスがそんなリアンをどう受け止め、そして恋愛へと発展させていくのか……。

このあたりも普段であれば大いに悩む所なのですが、通常では考えられないほどにすんなりとライナスが勝手に動いてくれまして、リアンをいつの間にかがっちり囲い込んで溺愛モードに入っておりました……！

ただ、今回それを皆さんへ『二人』の物語としてお届けするにあたって、同じ事件を描くにしてもそれをいかに違った形で読んでいただくか、前作を読んでいても新たな物語として楽しめるように、という部分にはかなり気を遣って執筆したのも正直なところです。

読者の皆さまが実際に読まれてどう感じられたか、ぜひご感想などいただけると大変うれしく思います。

ちなみにリアンについては完全に年齢不詳です。もしかしたらライナスより年上かもしれませんし、もっと若いかもしれません。タイトル中の色なき狼についても（本来の種族は灰色の狼なのですが）リアンがどのような色にでも染まってしまう、ある意味無垢な存在であることをイメージしてつけさせていただきました。作中では、ライナスからの愛を受け取ることで自らの色、自らの意思を明確に持つようになるリアンですが、ぜひ皆さまの中でのリアンという存在がどんな色を持った存在だったかを教えていただく機会があれば幸いです。

また、同時収録のエドガーとコウキの自由都市同盟訪問のお話については本当に自由に書かせていただきました。コウキのネーミングセンスが少しアレなのは本編でも書かせていただきましたが、それを上回るアレ（お土産に選んでいた三種の神器に関わるアレです）は書いていて本当に楽しかったです。担当さんと、さすがにこれはイラストにはできませんね……。ボーイズラブですもんね……。と真面目に相談したのも良い思い出です。

彼らが旅先で出会う、オルガさんやフォシル君からはどうも私の嗅覚ではボーイズなラブな香りがするもので、機会があれば彼らのお話もまた書いてみたいなと思っています。もちろん、まだ掘り下げられていないリンデンさんやウィロウさん、ゼン皇帝に読者さんになぜかとても人気が高いエスタス君とリコリスさんについても同様です。（ボーイズラブ……ボーイズラブなのに……）

白銀の世界を描けば描くほど書きたいと思うお話が増えていくという、うれしい悲鳴をあげています。これらもぜひ、今後何らかの形で読者さんのもとへとお届けすることができればいいなと思っております。

今回も古藤嗣己先生が素敵なライナスとリアン、そしてエドガーとコウキをたくさん描いてくださいました。豪快で男らしく、雄としての魅力たっぷりのライナスはもちろんですが、私のふわっとしたイメージのリアンをそのふわっと感を残しつつ描いてくださり、まさに理想のリアン！　と、どのイラストも魅力に溢れていて感動したのですが、読者の皆さまもきっと同じ気持ちでいらっしゃるのではないかと思います。

古藤先生、いつも素敵な表紙や挿し絵をありがとうございます。

最後に、白銀シリーズとしてこの作品ができあがるまでにご尽力くださった担当編集さまを始め、作品に関わってくださった関係者の皆さまにもこの場を借りて御礼を。

いつも、ありがとうございます。

そして、どうかこれからもよろしくお願いいたします。


先にも書いたように、白銀の世界で書きたいことはまだまだたくさん残っております。

サブキャラだけでなく、コウキとエドガーが結ばれたその先のお話も……。

次回も、今回と同じように白銀シリーズのお話で読者の皆さまにお会いできることを願って、あとがきとさせていただきます。

令和五年　三月

茶柱一号

『黄金の獅子と色なき狼　白銀の王と黒き御子』、いかがでしたか？

茶柱一号先生・古藤嗣己先生のファンレターのあて先
〒112-8001　東京都文京区音羽2-12-21　講談社　講談社文庫出版部「茶柱一号先生」係
「古藤嗣己先生」係

N.D.C.913　319p　15cm

茶柱一号（ちゃばしらいちごう）
山口県出身・在住。5月8日生まれ。
昼間は白衣を着る仕事をしながら夜な夜な小説を書く生活。
趣味は愛犬（ゴールデンレトリバーの♀）を吸うこと。
代表作は『愛を与える獣達』『恋に焦がれる獣達』シリーズ。
Twitter : @Gachitan

講談社X文庫

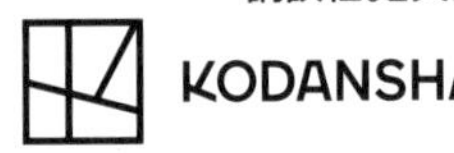

黄金の獅子と色なき狼(おうごんのししといろなきおおかみ)

白銀の王と黒き御子(はくぎんのおうとくろきみこ)

茶柱一号(ちゃばしらいちごう)

●

2023年4月3日　第1刷発行

定価はカバーに表示してあります。

発行者——鈴木章一
発行所——株式会社　講談社
東京都文京区音羽2-12-21 〒112-8001
電話　編集　03-5395-3510
販売　03-5395-5817
業務　03-5395-3615
本文印刷—株式会社ＫＰＳプロダクツ
製本——株式会社国宝社
カバー印刷—半七写真印刷工業株式会社
本文データ制作—講談社デジタル製作
デザイン—山口　馨

ISBN978-4-06-530937-7